U0964302

有爱的
青春
陪伴者

小花阅读

喜欢我，你怕了吗

未然 著

河北出版传媒集团
花山文艺出版社
河北·石家庄

图书在版编目（CIP）数据

喜欢我，你怕了吗 / 未然著. -- 石家庄 : 花山文艺出版社，2020.10
ISBN 978-7-5511-0248-3

Ⅰ. ①喜… Ⅱ. ①未… Ⅲ. ①长篇小说－中国－当代 Ⅳ. ①I247.5

中国版本图书馆CIP数据核字(2020)第156923号

书　　名：喜欢我，你怕了吗
著　　者：未　然

统筹策划：张采鑫
特约编辑：蒋彩霞
责任编辑：郝卫国　张凤奇
美术编辑：胡彤亮
责任校对：卢水淹
装帧设计：颜小曼　西　楼
封面绘制：官　官
出版发行：花山文艺出版社（邮政编码：050061）
（河北省石家庄市友谊北大街330号）
销售热线：0311-88643221/29/35/26
传　　真：0311-88643225
印　　刷：湖南凌宇纸品有限公司
经　　销：新华书店
开　　本：880×1230　1/32
印　　张：8.5
字　　数：182千字
版　　次：2020年11月第1版
2020年11月第1次印刷
书　　号：ISBN 978-7-5511-0248-3
定　　价：36.80元

前言 / 好友寄语 ▼

让我们以梦为马，不负梦想，人生沧海，劈浪前行

说来很奇妙，认识然然是 2019 年，我们在同一个作者群闲聊，因为彼此聊得很契合，所以就互加微信成了聊友，当时恰是她刚写完这本书大纲的时候。所以说起来，我见证了这本书诞生的过程，而这本书也见证了我们两个的友谊。

相识的这几个月，说长也不长，说短也不短，却足以让我们了解彼此，并肩前行。有人说每个作者笔下的人物都有她灵魂中的某一部分，我觉得颇有道理。在我眼里，然然就像年加加一样，从青春里野蛮成长，被迫成熟。她有孩子气的一面，

敏感的一面，也有她柔软的部分，用对生活的热忱和信念光辉着自己的人生。

最开始看到这个故事脉络，经常会为其中的一个梗笑出猪叫声，可到结尾时却意外地忍不住眼睛一酸。可以说这本书并不单纯是一个欢脱的爱情故事，更是我们无数人曾经有过的青春缩影。

在那个称之为“青春”的时光里，我们身边都曾有过一两个陪伴者，也曾悄悄地暗恋过某个人，或许一开始我们相处得并不那么愉快，也会有争吵、误解、快乐和泪水。但正是这些时光里的每一个碎片，才汇聚成了我们人生路途中的一盏盏明灯，指引我们向更好的未来出发。

对于表演有这么一句话，叫作“台上一分钟，台下十年功”。其实写作亦是如此。

也许对读者来说这只是短短的一本小说，却耗费了作者很多个日日夜夜。在写这个故事的时候，然然花费了很多时间，可以说，为了保持人物的真实和丰满，让笔下的人物鲜活起来，她是真的用了心。

她对写作足够热忱，也足够负责，所以才能让我们在看到这个故事时，可以在其中发现与我们生活相似的那一部分。

前段时间她交了全稿，总算得以有空和我聊天，我们谈天谈地谈理想，最终聊到了我们的笔名，于是就对彼此的笔名进行了一番组合，最终形成了“白然”，以它来为我们之间的情感戴上戒指。

而现在，这本书终于和大家见面了，于是，在这个时候写这篇前言倒像是给我们的友谊盖了个戳，预示着我们行至第一个站。

曾在《皮囊》里看过这样一句话：命运是一条闪闪发光的金色河流，我们在此相遇，卸下皮囊，以心相交。

这句话也同样适于我们。

然然，你的梦想已经进行，而我的梦想也即将开启。

未来的日子，让我们以梦为马，不负梦想，人生沧海，劈浪前行！

桑　白

contents/ 目录

contents/ 目录

楔子 / 南柯一梦

XIHUANWO,
NIPALEMA

“南柯一梦——形容一场大梦，或比喻一场空欢喜——你们都记下来了吗？这个是重点，考三四次了。”

高一的教室正好在二楼，透过教室左边的窗户，就能看到一片盎然的绿色，树梢散发着特殊的香气，鸟儿在树梢筑了巢，如果不关窗户，还能听到雏鸟嗷嗷待哺的鸣叫。

年轻的语文老师戴着黑框眼镜，刚毕业，还有点学生气，站在讲台上，望着低头奋笔疾书的同学们，目光四处散落，最后把目标锁定在倒数第四排，厉声道：“年加加！你给我站起来！”

被喊到名字的女生吓了一跳，差点把手里那本占星手册扔出去。

老师目标明确，踩着高跟鞋走过来，在地面敲出了警告的“嗒嗒”声。年加加赶紧把书塞给同桌，同桌又塞给后桌，后桌又塞给了他的后桌，“他的后桌”又塞给了同桌。

“同桌”林南柯拿到之后，第一眼先看到书上画的那两个小人——

嘿，还亲嘴呢。

“年加加！刚刚看什么呢！交出来！”

年加加无辜地望过去，皱眉摇头：“老师，我什么也没看啊！”

语文老师露出“我不信”的表情，在她周围张望，试图找到她没藏好的马脚。

“坦白从宽，抗拒从严。”

“老师。”林南柯突然起身。

年加加顿时精神抖擞。

林南柯是纪律委员，大公无私的精神可以与包青天相媲美，当然，这不是重点，重点是他俩互相看对方不顺眼。

年加加曾经四舍五入计算过，她平均每天都有六个小时在和林南柯吵架，剩下的时间除了吃饭睡觉，就是在研究怎么吵赢他。

年加加紧张起来，这人不会这时候和她过不去吧？

她瞪圆了眼睛，屏住呼吸，仰望着高个子的男生，人在屋檐下，不得不低头，于是往眼神添了点恳求。

人生在世，心里得有点数，该认㞞时就认㞞。

林南柯嘴角一勾，眉毛上挑，一副得意之相证明这人完全接收到了她的信号，小辫子已经捏在手里。他挠挠头，笑出两个梨窝，当着众人略带腼腆道：“老师，我想上厕所。”

年加加如释重负。

语文老师一听，显得有点不耐烦：“去吧，去吧！”

林南柯不紧不慢地走到老师身边，回头瞥了瞥年加加，俯身道：“老师，您要找的东西在我抽屉里。”

说完，他在同学诧异的目光中，晃晃悠悠地走出去——

林南柯觉得自己帅爆了。

年加加牙根痒痒，于是在化学课代表收作业的时候，偷偷翻出林南柯的那份，在作业题下画了两个手拉手的小人。

课代表是个老实孩子，年加加威胁他：“你要是敢走漏了一点风声，我就让你今年一年都水逆。”

化学课代表选择什么都没看见。

教化学的老师是个严谨的中年男人，不苟言笑，戴着副黑框眼镜，永远都是那副“老梁讲故事”的感觉，不同的是，老梁的头发还没到剩三绺的地步。

等到上课的时候，化学老师还特意把这事拎出来说，并当着全班的面夸奖了林南柯，说他大大的个子萌萌的心，看着作业本上满屏的粉红泡泡，八成是热爱学习，有想和化学早恋的苗头。

全班哄笑，年加加在下面卖力地鼓掌，赵思念看傻子似的看着她。

年加加：“愣着干吗啊？快鼓掌啊。”

于是不明所以的赵思念也跟着她鼓掌，这两人一鼓掌，又带动了全班同学，顿时掌声雷动，从门口路过的老师都探头多看了几眼。

后面有好管闲事的，扯着嗓子站起来：“林南柯，发表一下获奖感言啊。”

林南柯：“发表什么？”

“讲讲你和化学作业谈恋爱的直观感受。”

全班爆笑，林南柯脸憋得通红，在一片笑声中抬头，和年加加对视上，那目光简直要吃人一样。

年加加乐得不行。

本来年加加心里都做好了林南柯来算账的准备，可是到了课间休息时，一点动静都没有。

赵思念从外面跑回来，气喘吁吁地问："你干什么呢？"

"我在想林南柯为什么不来找我。"

"刚刚我看他和隔壁班的帅哥坐在操场上呢。"

年加加好奇心重，坐不住，跑出去一看，那两人并排着坐在看台上。

谁知道这时，林南柯突然抬头，正好和风口上的年加加看个对眼。年加加心虚地低下头，再抬头的时候看见林南柯垂着脑袋，向她走过来，脸上还带着稍许红晕。

很多年后，年加加回忆起来，只记得那天阳光好得像给人镀了金，身后红白的操场、打闹的同学、绿意盎然的树逐渐虚化，光芒在林南柯头上涂了一圈又一圈的金银色光环，在这如梦如幻的治愈场景里，林南柯向自己走来，被突然刮起的大风卷着土吹成了傻子。

第一章/谜之加加

XIHUANWO,
NIPALEMA

〔Cut 1〕

“最后出场的是高一 6 班的年加加，这位同学尤其与众不同，她的身高只有一米五五，参加女子跳高比赛，显然不占优势啊，到底是……”

“人性的泯灭还是道德的沦丧。”

播报员还没把话说完，一道男声突然插进来，引起了台下一片哄笑。

我这暴脾气“噌”地就上来了，直接拿过备用的话筒，向着主席台发出反击：“拜托主持人，管一下旁边的闲杂人等好吗，影响我起飞了。”

其实在比赛前，从主席台核实完身份信息后，我脚跟刚站稳就听见那人说：“哟哟哟，这小身板也来参加跳高比赛？身材够圆润啊，来给对手加油打气的吧？”

当时比赛还没开始，秉着不宜大开杀戒的想法，我默念几遍秋后算账，咬咬牙忍了，只是没想到我的隐忍换来对方加倍的丧心病狂。

说话的人化成灰我也认得，林南柯，我班的纪律委员。

当然化成灰只是夸张的说法，将来他要是真的化成灰，那才是真的谢天谢地，顺便敲锣打鼓唱上一曲《好日子》，但现在不行，他是裁判之一，我得让他亲眼看着我赢得冠军，好好体会一下被我踩在地上碾压的感觉。

我看着那根已经升到一米三的杆感到头晕，毕竟我只有一米五五，杆已经到了脖子间，怎么看怎么像是扼住了我命运的喉咙。

之前被看好的几个参赛者都被卡在了这里，况且他们还比我腿长。我深呼吸一口气，心如止水，绝不能慌！

口哨声落下，我没时间研究这根杆了，赶紧做好助跑准备，体育老师说过，越接近落脚点时必须跑得越快，最后三步并作两步，又调整摆臂的方向，身体倾斜，一跃而起——哇，就是飞一样的感觉！

地面向我招了招手，我还没来得及打招呼，地球引力便看不下去了，直接把我拉回来，“哐啷”一下摔在了软垫子上。

还是脸先着的地。

我整个人摔蒙了，几秒后反应回来，听到赵思念激动地说：“年加加，你成功了！你是唯一一个跳过来的！”

我仰头看向主席台，林南柯的嘴巴成了完美的“O”字，我问赵思念：“刚刚摔那下没影响我的颜值吧？”

她抱着我的头左右看了看：“漂亮！”

我爬起来，拿过话筒，冲主席台大喊：“林南柯，把你的下巴收一收，都掉到我这儿来了。”

赵思念：“看来你又要被林南柯记一笔了。”

我绷起脸，假装高冷，最后用一个哼表达对他的不屑。从开学到现在不到一个月，如果哼能当刀子使，林南柯现在怕是已经被我千刀万剐了。

主席台上很快播报出我的名字：“树人中学女子跳高比赛成绩——第一名，高一 6 班年加加。”

一瞬间，我有点恍惚，不知道是不是真的摔蒙了，树人中学和第一名两个词挂在一起，突然让我有了归属感。

过去我觉得树人是永远游不过的大海，读初三时在水花里扑腾了一年，最后拿着不如意的中考成绩单，淹死在了那条书卷铺成的汪洋里。

最后，我还是自费上了这所被人们吹捧成巅峰的高中，每当邻里问起来时，我妈总是自豪地挺起胸膛，说我上了树人，可我觉得这没什么好骄傲的。

我并没有给我妈自豪的资本，说白了，我就是没赶上车还死皮赖脸地要跟着车跑——吊车尾的家伙，羞羞羞。

跳高可以称得上是我活了十几年来的爱好之一，拿下了第一名，我仿佛有了立足在树人这片土地上的底气，不然我总觉得连空气都是别人施舍的。

赵思念在比赛前就拍着我的肩膀说，别慌，树人这帮人，大多学霸，头脑发达，四肢简单，估计还没进化全呢。

我看了看自己的小短腿，再三确认她的话跟我没关系。

除了跳高以外，能让我付出多年心血的就是研究星座命理了。

现在都推崇学以致用，刚开学那会儿，为了能和同学们增进感情，我便展现了我的终极技能——占星。

那会儿还有同学质疑我：“你行吗？”

别的不敢说，星座运势这一块，从事多年，小有成就，且卓有成效。

这个卓有成效指的是，当我数学成绩为个位数时，我总是拿着成绩单跟我妈说自己近期水逆，诸事不宜，紧接着我妈会更生气，我便用今日不宜动怒否则有损财运来安慰她。

亲测有效。

占星果然是赢得同学们好感的一个有效的方法，仅仅一下午，来找我开运的同学已经占了全班的 99.99%，剩下那 0.01% 就是雷打不动的林南柯。

我追求完美，绝不容许有漏网之鱼，既然山不过来，那我就过去。

于是，盘算了两节课之后，我鼓足勇气向他伸出了“魔爪”——在他上厕所的路上拦住他。

为了表达自己的亲切与热情，我用争取能把他内脏都问候一遍的力气，踮脚起来在他后背拍了一巴掌。林南柯往前踉跄了几步，差点撞到墙上。我看情况不妙，劲使大了，赶紧跑到前面挡住，谁知道他也不客气，冲着我就扑过来了，只听一声闷响，我缓缓从他怀里溜出来，见他整个人扣在墙上，我颤抖着双手，怀疑自己是不是练了铁砂掌。

出师未捷身先死，早在来之前我就考虑了各种意外情况，但现在这样还真超出大脑的三界之外，趁他还没来得及发火，我赶紧道歉：“对不起，对不起，我不是故意的，谁能想到你这么……”

他回过头，目光犀利地盯着我，吓得我赶紧把“弱不禁风”四个字咽了回去。

我悔恨！暗暗下决心回去一定要把那两颗不顶用的门牙收拾一顿，怎么什么话都往外放呢？但表面还是一副大无畏的样子，装也得装出气势来，不然怎么树立我专业占星师的人设？

“同学，找我什么事？”他突然开口。

我赶紧把思路截断，抬头望过去，顺带感慨了一句这人真高。

林南柯确实是全班最高的人，刚开学的时候，他站起来在所有人的仰望中做自我介绍，说到自己也就一米九三，我心里顿时跌宕起伏，什么叫“也就”？把零头匀给我也行啊。

班主任还特意提名了他，说是为我们班顶天立地的形象做了代言人。

从那之后，每当我听到他的声音，都有种来自四海八荒的错觉，在我头顶萦绕着，响彻整片云霄。

既然他问了来意，我再磨叽就会显得奇怪，再加上刚刚发生的系列化惨案，让我开始深刻地自我怀疑，要是不速战速决的话，一会儿还指不定出什么岔子。

占星书上写的，说是如果今天够倒霉，那这种酸爽就会像魔咒似的，围绕在你身上形成一团黑气，干啥啥不行，吃啥啥不剩。

我直接说明来意：“林南柯，全班就你没占星了，难道你不想了解一下自己的星座运势吗？”

他眼睛里闪过一抹异样，我猜不透那种情绪是什么，取近似值后，把它定位为林南柯对我一个占星者的钦羡。

但值得一提的是，这是我第一次近距离看他。林南柯长得蛮好看，小内双，眉峰凛冽，秀气中透着英气，乍一看像某个喜欢赛摩托车的男明星，最近挺火的，具体叫什么记不清了。

他似乎回味着我的话，又反问我："你出门前给你自己算运势了吗？"

这个好像还真没有。

但我还是努力点点头，绝对不能输了专业性！

他一笑，挤出两个梨窝。

"那你有没有算过我会不会拒绝你？"

什么？

林南柯瞥了我一眼，表情拽炸天，作势要离开。我心里的火"噌"一下就冒上来了，赶紧拦住他。

"不能走！全班就你没算了！"

他眼神突然变得冰冷，眉毛拧紧，表情也狰狞起来。我倒吸一口气，以为林南柯生气了要打我，他却压低声音，似乎十分隐忍地说道："让开！我尿急！"

好机会啊！我趁火打劫："你答应我上完厕所就来占星，我就让你现在走。"

他突然乐了，笑得无比邪恶："那你信不信，我能就地解决给你看？"

〔Cut 2〕

还没等我反应过来，林南柯已经走了。

与林南柯正面交锋失败后，我便开始考虑从别的地方入手。

说实话，后来想想我干这事挺无聊的，而且幼稚，但那时就是拗着一口气，凭什么全班99.99%的人都来我这儿占星了，就你不来？

我让赵思念帮我出主意，赵思念却说了一个血淋淋的现实："你所谓的99.99%中，水分占多大呢？"

我当时没反应过来，后来想明白，林南柯虽然不搭理我，却表现出了性格中最真实的一面。

她说得对，并不是大家都对这种东西感兴趣，大都适当地跟着人群前进的潮流，大家都做我不去做，就会成为人群中的异类。

其实研究这个也只是我在漫长的成长旅途中，寻找到的依托罢了。

我们的班主任是一位四十几岁的中年人，刚开学的时候他站在讲台上自我介绍，声音柔弱得和他那锃光瓦亮的脑袋极其不符，我看了看四周，原来竖起耳朵抻长脖子在昏昏欲睡中战斗的不止自己一人。

我忍不住捣了捣旁边的同学，是个戴黑框眼镜的男孩子，脸上有几颗青春痘，一看就属于高举热爱学习大旗的。他疑惑地看着我，我话到嘴边往回咽了咽，拐弯变成："那啥，这班主任教什么的？"

这个"题"我确实不知道。

"听说是数学。"

他话音刚落，我绝望地翻了个白眼，仿佛已经看到未来在课堂上酣然入梦的自己。

班主任叫孙直前，他做自我介绍的时候声音太小，很容易被人听错，说孙直前是勇往直前的直前。坐在我身后的男孩子笑出声，很快压制住了，我听他小声说：“这老师真有意思，谁管他值不值钱呢？”然后打了个哈欠。

我撇过头，和他打了个招呼。

“同学，自费来的吧？”

“哎哟，同道中人。”

“幸会幸会。”

孙直前身上有个令我敬佩的特质，那就是沉得住气，别的班级在开学当天，就已经确定了班委会的成员，而我们6班，在经历了四天半的群魔乱舞后，才终于开始立班规。

根据自身能力，什么班长学习委员很快都定了下来，到选举纪律委员时，让孙老师也愁得直秃头，他戴着扩音器，用黑板擦敲黑板。

“来来来，谁自荐一下？”

台下一片窒息的沉默。

纪律委员可是得罪人的活，不仅要管别人，自己还要做出表率，简直难上加难。

“既然没人主动站出来的话，那我可就不客气了。”孙老师摸了摸他光溜溜的脑门，大手一指，所越过之处的同学都松了口气。我也松了口气，因为现在顺着指尖望去，正好对着林南柯。

“就你吧，最高的那个。”

真惨，我咂咂嘴。

孙老师说：“长得高能震慑住同学们。”

我头一次因为自己长得又矮又矬乐开了花，可是谁能想到这只是个预告，林南柯当上纪律委员，才是人生对我发出的极大考验。

后来重新调座位，我的同桌换成了赵思念，她也没什么优点，不过就是比我高比我瘦，比我漂亮比我优秀——我是倒数第五，她是倒数第七。

刚过来的时候，赵思念把书包塞进课桌里，冲我伸出手，说话带着股东北大碴子味：“是年加加不？你好，我叫赵思念，以后我们就是同桌了，放心吧我这人挺好说话的，以后好好处就得了。”

我本来还有点磨不开面子，那口豪爽的东北话却让我吐了一口气，听说东北人都不拘小节，这样看来，新同桌起码不是难相处的人。

我没忍住哈哈大笑，一边咧着嘴一边把手递过去。

她迷惑地看着我。

我说：“那啥，很高兴遇到你。”

赵思念才是我见过“最皮”的女孩子，早自习不好好上，非要在大家背题的时候拉着我唱歌，我环顾四周，昏昏欲睡。

赵思念说：“接下来我为你唱一首周杰伦的《晴天》，东北大碴子味，希望你能喜欢。”

我困得耷拉着眼皮，碎碎念她今天的运势：“不宜打闹、不宜交易、桃花没有、财运不佳……”

赵思念压根没把我的话放在心上，沉醉于自己的歌声里。我无语望苍天，却没想到她唱歌挺好听，但被雪花洗刷过的东北话听着实在是好笑，仿佛赵本山老师上身，但天赋就是天赋，好听就是好听。

我没忍住，也跟着哼哼起来，赵思念惊讶地看着我，说：“哟呵，大兄弟唱得不错啊。”

出于礼貌，我摆了一个承让的手势。

身为纪律委员，林南柯上自习时可以走动检查，我一路瞄着他，当他一双脚停到我课桌旁我才闭上嘴，抬头望过去。

林南柯挑衅我，眉毛一挑笑得狡黠：“唱啊，怎么不唱了？你也不怕把狼招来。”

赵思念见气氛不妙，正准备接茬，我大手一挥，示意她少安毋躁。

“把狼招来算什么？我都能给你招来一个动物园。”

于是，我在同学们讶异的目光中缓缓起身，敞开嗓子号起来：“苍茫的天涯是我的爱，绵绵的青山脚下花正开，什么样的节奏，是最呀最摇摆……”

展示完毕，我刚准备坐下，突然反应过来，林南柯在我唱歌时，眼神全程望着我，还有点……深情？

我用短暂的几秒钟做了决定，干脆直起身又给各位同学深深鞠了一躬，说声“谢谢大家，我会继续努力的”，表达了获奖感言，这才好意思坐下。

“年加加！”

我弯下去的身子又猛然弹回来。

孙直前声音的辨识度太高了，他整日戴着扩音器，时间久了，我们满脑子机械过滤后的男低音。我站直后，战战兢兢地看向窗外。

孙直前把下巴搁在窗台上，好像一颗光溜溜的头镶在瓷砖上，二者同样锃光瓦亮，我竟觉得毫无违和感，在那颗反光球体上摸索了半天，才找到他黑溜溜的眼睛。

一对视，又把自己吓了回来。

无论平时幽默感多强，到这时候，天下老师都是一样的，雷霆之怒啊！

刚刚还妄想和太阳肩并肩的我立马膨胀不起来了。

“老师……我……”

孙直前离开了窗台，看样子是要从正门进来。

林南柯：“其实你唱第一句的时候我就想提醒你老师来了。”

放什么马后炮呢！

我憋气：“你完了，你还有什么遗言吗？”

他轻蔑一笑：“但愿你还能回光返照。”

“谢谢你啊。”

我摸起手边一支笔，把它当成了林南柯，用力拔出笔帽，又狠狠捅回去，再拔出来，再捅回去。

“年加加，你有病啊你！”林南柯突然大吼一声。

我暴脾气上来，猛地抬起头，看到他脸上满是蓝色墨水，我立马蔫了。

像是画着不规则的图形，在林南柯白皙的皮肤映衬下，色泽竟然挺好看，只可惜了那白色的校服，上面落满了蓝点，正缓缓氤氲开。

唉，忘记自己拿的是钢笔了。

做错事情在先，我也没脸狡辩，只好低头道歉：“对不起……我真不是故意的……”

他表情微微缓和，好像想说什么，最后深深吐出一口气，像是要把我吹出去似的。

孙直前进门，我十分配合地瑟缩了一下。

赵思念趴在桌子上，看我这样低声说了句“㞞包”。

我送她个白眼。

我从来不承认自己㞞，因为身高一米五五，挺小的，所以我给自己的定位是小人。

小人会什么？会用暂时的妥协来迷惑对方，然后继续我行我素，世间安得双全法，不负老孙不负歌。

果然，不愧是我。

〔Cut 3〕

我在纸上画了一个星盘，结合时间方位，想看看自己的问题到底出在了哪里。

赵思念一脸娇羞地跑过来，对我说：“隔壁班的帅哥刚刚看我了！”

我哪有时间管她这事？我现在只恨不得把林南柯大卸八块。

赵思念趴在我身旁，一把揽过我的肩膀，恨铁不成钢地说：“哎呀，还在烦恼呢？来来来，有什么想不开的跟姐姐说说。”

我望向班级门口，林南柯也不知道跟哪个班的小姑娘交谈甚欢，乐得眼睛眯成了一道缝，我看着那个身高晃来晃去实在碍眼，负气道："我不是想不开，我是长不开！"

赵思念惊讶地看着我。

我知道自己刚刚情绪过于激动，刚想解释，她却笑了。

"小样儿，我太喜欢你这清醒而自知的态度了。"

歌唱风波之后，我就像是被霜打了的茄子，一度在林南柯面前抬不起头来。但是每当自习课的时候，这位大哥遵循杀鸡儆猴的规则，总是对我先开炮，我就是那只被命运扼住喉咙的鸡。

继一次吃方便面被他点名后，我反思了一下，这其中最大的问题不在于他，在于吃方便面声音太大，于是第二节自习，我换成了面包。

嚼得正香时，他突然走到我面前，吓得我差点没噎得背过气去。

课间，赵思念看我实在难受，安慰我说："我这儿还有你前几天吃剩的蛋糕，要不来点？"

前几天的蛋糕？没打过林南柯前我还不想因为食物中毒而告终，这样会死不瞑目。

我和林南柯的战争正式打响，出师不利。

赵思念："你不是说还有回光返照吗？"

她提醒了我，回光返照已经满足不了我了，我这就分分钟诈尸给他看。

开学运动会时，据说有位体重直达三百斤的同学参加了后抛实心球，这位老哥直接把球砸到栏杆上了。

而栏杆也不是好惹的，直接用一排全倒向我们诉说了什么叫豆腐渣工程，当时还好没有砸到人。

后来这事让教育局领导知道了，校长首当其冲挨批评。为了体现自己的忏悔，校长直接延后了新生军训，然后自掏腰包，修缮操场。

这件事还被当地的新闻媒体大肆报道，当然，报道的内容是：树人中学校长曹雪风——教育之行的榜样，自费为学生修建操场。

铺天盖地的赞扬落到校长身上，乐得他那几天皱纹都深了几分。

我妈是个实在人，吃饭看电视的时候还特意提了一下。

“你看看你们校长多好，自掏腰包，现在还有几个老师能做到这样？一个个跟吸血鬼似的。”

我扒了口饭，忍不住接话：“他们只是穷，掏不动腰包。”

这话说到了我妈心坎里，她难得附和我，若有所思地说：“的确，老师的死工资就那么点，修个操场肯定花费不少。”

我愣了愣，不愧是我妈，思维就从来都没有跟我一个角度过。我学着她的语气，意味深长地点头：“嗯——的确，老师的死工资就那么点，也没钱买公关报道。”

察觉到她即将要骂人，我尽量能跑多快跑多快，赶紧回到了房间。

开学已经一个多月了，操场总算是修好了，孙直前之前就说过：你们是逃不过军训的手掌心的。

果不其然，在经历了高中第一次月考的滑铁卢后，操场也轰轰烈烈地修好了，校长为了彰显他的劳苦功高，还特意邀请电视台来参加完工仪式。

本来我和赵思念都以为，校长会开个新闻发布会，然后长篇大论概括自己的功劳，后来没想到，我们还是太嫩。

亲爱的校长用军训开幕式为自己赚足了无知群众的彩虹屁，看着学生代表上台发言，对校长进行三百六十度托马斯立体式的称赞，我只能面无表情地鼓掌。

赵思念：“加加，你觉得这彩虹屁放得怎么样？”

我用力鼓掌，一边鼓一边大声喊：“真香！”

军训一般都安排在开学的九月初，那时候正抓住秋老虎的尾巴，热烘烘的，人都能烤成黑煤球，然而到了我们军训的时候，距离秋老虎回窝睡觉已经过去了一个月，天气说不上凉爽，但也热得没那么丧心病狂了。

军训服又肥又大，我本来是穿最小号的，可是最小号的衣服开了个口子，破开了线挂在粗糙的布料上，意外形成了今年秋天最时尚元素的综合体——流苏迷彩套装。

这衣服肯定不能穿了。

我被迫换上了大一码的。

穿上之后，我问赵思念怎么样，赵思念还没来得及答话，林南柯不知道从什么地方蹦出来，直接弹了我一个脑瓜崩，他手劲很大，我都怕他一掌下去把我脑壳敲碎。

我怒斥：“身为领导，欺负人民群众！”

他上下打量我一番，始终俯视着。我心里一股气翻涌，却被我丹田之力压了下来。

是个傻大个儿，不与他计较。

林南柯却没有就此罢休的意思，直接嘲笑我像个被装进麻袋的水缸。

赵思念在一旁笑出声，被我一个眼神杀了回去，她两只眼睛滴溜转。我反击道：“麻袋和水缸起码都能装！”

我气势汹汹地喊出这句，却没有意识到发生了什么，直到赵思念哈哈大笑，我才反应过来，哪有自己往坑里跳的？

军训教官是一个二十岁出头的小伙子，很年轻，身高一米八，脸上有零星几点晒斑，皮肤不白，却透着一股健康的小麦色。

我也是第一次见到健康的小麦色，不禁赞叹几声这样的肤色真好看。

正打算把新发现说给赵思念听时，赵肖晨顶着烈日屁颠屁颠地跑过来，这位同学体重二百多，身高与我不相上下，一跑起来，脸上的肉来回颤抖着，我还担心过那几块肉会不会甩下来碎掉。他跑到我面前，累得气喘吁吁：“年……加加……孙……孙老师叫你。”

话说完，他一屁股坐到了台阶上，我正准备起身，却发现他也是小麦肤色。

长得好看的叫小麦色，像他这种充其量叫土豆色，还是刚在泥里挖出来的那种。

赵肖晨对我直勾勾的眼神感到迷惑。

“你在看什么？我脸上有东西吗？”

“有。”赵思念突然接。

“什么？有没有影响我的帅气？”

“你的脂肪被你感动哭了。”我说。

赵肖晨掏出一块毛巾，急忙把汗擦干净。

第二章 / 无耻之徒

XIHUANWO,
NIPALEMA

〔Cut 1〕

“本周班会啊，我们重点说说最近的纪律问题，根据各科老师反应，发现我们班同学，很有去菜市场发展的前途，整个楼道就咱班最乱。我已经找林南柯谈过了，也收获了一份名单，这里面记录了纪律最差的同学都有谁，今天先不点名了，下次班会要是还有这几个人，我就把你们送走！”

“送走？”

听到最后两个字，我浑身不寒而栗，一把抓住了赵思念的衣服。

孙老师对自己新造出来的金句甚是满意，挺胸抬头，骄傲地附和我：“对，送走！”

紧张的军训已经维持了一周多，在不冷不热的天气里，我看着大家都累得像狗，心里不禁泛起了一丝同情。

跑完四圈的休息时间，我躺在草坪上，看着蓝天白云，感叹一句命不久矣。赵思念把水瓶一扔，跟着我躺下，哀叹一句香消玉殒。

林南柯不知道什么时候跑过来的，悠悠道：“我劝你们说话小点声。”

“凭什么？”我说。

他说话语气里满是疲倦，看来也累得不轻。

“教官看着你们呢。”

我立马闭嘴了，想着他总算是做了点人事。

这时，林南柯露出一个脑袋，我躺在草地上反向看他，只见他豆大的汗珠在额角摇摇欲坠，吓得我立马坐了起来，可是用力太猛，脑门直接和他下巴来了个亲密接触，然后又被弹回地面。

林南柯大叫：“年加加，你有病是不是？”

我捂着头，疼得半天说不出一句话，被撞的地方逐渐肿起，摸起来滚烫，但是气势上不能输。我挣扎着坐起来，随手抓住了身边一个什么东西。

布料，软的。

本想借力起身，却突然有一只大手扣住我，一股热浪袭来，附在我耳边轻轻说话，温热的气息喷薄而出。

他凑到我耳边，咬牙切齿道：“你拽我裤子干什么！”

我顿时起了一身鸡皮疙瘩，手忙脚乱地给他往上提。

“对不起，对不起，我这就给你穿回去。”

赵思念好不容易把我扶起来，她摸了摸我的头，纳闷地问：“你也不发烧啊，怎么脸这么红？”

“可……可能是太热了。”

教官突然吆喝：“你们那边！干什么呢！”

林南柯托着下巴，居高临下地望了我一眼，如果当时没有看错的话，他的脸上也有让人觉得可疑的红晕。人群逐渐散去，我偷偷问赵思念：“我刚刚拽了谁的裤子啊？”

“林南柯。”

“你们都看见了吗？”

赵思念点点头。

我内心悔恨交加，这几天军训太累了，占星的事也搁置了，这大概就是我今天格外倒霉的原因吧。

我每次都用这样的理由来安慰自己，人都是有心理暗示的，时间长了，我便放过了玄学，认定了林南柯这个人更有问题。

林南柯到底有多和我过不去呢？

今天班主任有事，数学课变成了自习课，我扒拉一下旁边的赵思念，让她醒醒。

赵思念：“下课了？”

我晃了晃手里的零钱。

于是，趁着林南柯不注意，我俩“正大光明”地从后门溜了出去。

赵思念刚刚的困劲儿荡然无存，流着口水问我要吃什么。

我想了想——“上次那个话梅糖挺好吃，我请你？”

“没问题！”

安全起见，买完东西我们便打算回教室，结果猫着腰刚走到门口，身后便传来林南柯的声音。

“这是去哪儿了啊？”

我吓得一激灵，立马站直了。

他打量着我，十分不屑：“呵，拿出来吧。”

糖被收走了，我只能让他千万不要告诉老师我的光荣事迹，林南柯笑得狡诈：“你求我啊？”

以前从未理解小人得志是什么意思，今天总算是亲身经历了一把。

“这周的值日我帮你做！”

他冷冷地看着我，不说话。

“两周！”

他依旧不动。

“三周，不能再多了！”

“成交！”

林南柯笑了笑，随手把糖放进了口袋里，扬长而去。

那一瞬间，我突然觉得有点悲壮。

赵思念含着糖问我：“你说人家眼睛怎么这么好使？”

我哀伤地问她：“你说人家鼻子怎么这么好使？”

我知道，我这人长得不起眼，甚至把我丢到人群里，根本就找不到在哪儿，本来以为就这么低调地过一辈子，但是林南柯并不同意。

在他的正确领导下，我成功地成了班内最出名的人，尤其是自习课时。

赵思念曾经做过统计，下课铃声一响，她就举起纸来兴奋地说：“林南柯一节课点你名字点了十二次哎。”

我想到那副嘴脸就满肚子气，一把夺过她手里那张纸，搓了搓丢进了垃圾桶。

第二节自习课，林南柯坐在台上管纪律时，下面几个男同学龇牙乐，声音故意被压低，窸窸窣窣的，仿佛几只偷偷摸摸的老鼠。

自习课本就是安安静静的读书时间，我拿出言情小说，刚沉浸到男女主的旷世虐恋中——

酷炫邪魅将军男主深情地说：“皇命不可违，此次北征，若是我能回来，定许你红妆十里，凤冠霞帔，开尽万千桃花。”

圣母玛利亚小女主哭成了泪人，惨兮兮道：“我等你，若让我所嫁他人，我只好一死，若真有这么一天，请你忘了我。”

十年后，女主重生，成了男主的娘亲。

这时身后突然传来“扑哧”一声，我吓了一跳，还以为有人在监视我看书。

等我发现周围没人，循声远远望过去时，那位同学还在笑，我无语地看向四周受扰群众。

再抬头看向林南柯，他平时像只苍蝇一样在我周围飞来飞去，现在这么明显的“违法”行为就亮绿灯了？

前面学习好的同学回头瞪了好几眼，那位大哥丝毫不为所动，甚至还冲别人抛起了媚眼，然后继续我行我素，扰民的性质不亚于我家楼下每天都汪汪汪个不停的小白。

好不容易安静下来，还没过几分钟，那位同学又开始低声笑了起来。是可忍孰不可忍，我刚想拍桌子站起来，林南柯也说话了。

“后面几位同学，学习就让你们这么快乐？从上课到现在，已经笑了三十分钟了，‘喜欢’学习可以，但请不要打扰别人。”

“打扰谁了？你让他们说说，我打扰到他们了吗？”

前面一群人刚刚还一脸的不耐烦，这时候却装起了哑巴，我实在是看不下去，使劲一跺脚，猛地站起来。

伴随的还有赵思念的叫声，我回头看了看，估计刚刚那一瞬间她也跟我一样有了脾气，挺身而出。我拍拍她的肩膀，抱了个拳：“够义气！”

她愤恨的目光中带着些许哀伤，低声咬牙：“少讲义气这个词，你刚刚踩着我脚了！”

……

老天做证，我当时真的不是为了保护林南柯的面子。众目睽睽之下，我气势汹汹，却起不到什么作用，后面几个人也愣住了，大眼瞪小眼地望着我。

我清了清嗓子，觉得这一刻有点神圣。

“咳咳，你们打扰到我学习了！”

此话一出，所有人“嘁”了一声，又把头转了回去各忙各的去了。

他们怎么这么现实？

始作俑者听了，脸上浮现出不屑的笑，冲我挑挑眉毛：“年加加，你就算了吧，你那成绩还用学习？咱们半斤八两。”

“谁跟你半斤八两？”

我一听火顿时蹿了上来，士可杀不可辱，学习成绩怎么了？学习不好就活该被打扰？学习不好就没有说话的权利了吗？

我抽出一沓做好的试卷，拍到了那人的桌子上。

“睁开你的眼睛好好看看，谁是半斤八两？”

不知道是不是被我的气势吓到了，他忙不迭地点头，刚刚那股嚣张劲全没了。

他欲言又止：“可你的成绩……”

“成绩怎么了？没见过一直努力却没有结果的吗？”林南柯冷冷插话。

这一刻我居然不知道该不该感谢他。

〔Cut 2〕

赵思念说，这样下去，我迟早要输在林南柯手里。

我问赵思念为什么不是他输给我，赵思念一本正经地分析：“目前的形式来看，你处于劣势，毕竟人家位高权重，也算得上是班主任身边的一把手了。”

我：“一把手？”

她狠狠点头：“对啊，你想想，以前在古代的时候，有多少个皇帝都是听了身边人吹的耳旁风？他们身边的一把手都有谁啊？”

我恍然大悟，千防万防，防不过一个狗腿子。

我深知古代争权夺利有多可怕，也明白那些老谋深算的人都是炸弹，这一切除了赵思念同学的教导，还有我阅言情小说无数的经验。

所以，该改变战略的时候就要改变，人要学会顺应形势做出选择，对我来说原则算什么，我的原则就是为了让林南柯心服口服不惜放弃一切原则。

至于我为什么突然间对林南柯恨之入骨，除了他平时对我的“照顾”，最重要的一点就是，他亲手把我的占星手册交到了孙老师那里。

我的“事业”是搞不成了，只好退而求其次去搞林南柯，我得让这个人明白，这一次，是真真正正地触碰到了我的逆鳞。

“所以，你打算采取什么方法呢？”

赵思念从外面回来，递给我一罐可乐。

“我不知道，我还没想好。”

她手里拿着一瓶旺仔，我看了看她，又看了看自己，眼神示意能不能换换。

“不行！”

“为什么？难道在你眼里我们的交情还不值这多出来的一块钱？”

赵思念眉目含春，似乎并没有把我的话放在心上，喃喃自语：“这可是隔壁班的帅哥给我的。”

重色轻友！

我用力扯开易拉罐，喝了两口，实在觉得闷，下一节正好是体育课，我拉着赵思念说：“走，去操场转转。”

“操场有什么好转的？”

“让你去你就去。”

在我的连哄带骗下，赵思念总算是出来了。体育课其实也没什么活动，安排完了简单的事宜，跑几圈步，便全部解散各玩各的。

学校超市是大家的集合地，一到这种没人管的时候，就是少女集体发胖的联谊活动。

我们班长是个女孩子，叫盛雅媛，性格虽然温温柔柔，但条理清晰，总是能把各种琐事安排好，成绩每次都是班内前五，长得也不错。

据小道消息，从开学开始，已经有不少男孩子把她列为心中的女神。

赵思念不止一次地问我，她说："你看，同样都是女的，为什么我们和人家的差距就那么大呢？"

此题无解。

她又问："我要怎么做才能变成她？"

我纳闷："你变成她干什么？"

赵思念突然低下头，眼神略带伤感，然后再抬头望向盛雅媛时，又多了点钦羡。

"你就是想变成她啊——"

我当时心无旁骛，并不能理解她少女怀春带来的哀伤情怀，对着蔚蓝的天空想了一会儿答案，最后狗嘴里吐不出象牙——"下辈子吧。"

出乎意料的是，她这一次居然没反驳我。

我俩每次聊天都张牙舞爪的，此刻安安静静的赵思念让我有点不习惯。

数学自习的时候，我给赵思念传了一张小字条，问她怎么了。

她满脸的莫名其妙，打开之后瞪我一眼，压低声音："大姐，咱俩离得这么近，你玩什么地道战啊？"

我趴下身子，心虚地瞪了几眼讲台上的林南柯。

她顿时明白了，在字条上写了仨字：“我没事。”

她没事？我回了一句“鬼才信”。

“那你就做鬼吧。”

要命，这人还倔强起来了。

我说：“既然你没事的话，那就帮我想想怎么让前面那位早登极乐。”

她反问我：“你看过《教父》吗？”

那是什么？我一瞬间茫然。

“没看过没关系，我觉得有句话你应该明白。”

“什么话？赶紧说。”

“不要憎恨你的敌人，那会影响你的判断力。”

我望着字条上这行字，陷入了沉思。

影响我的判断力？如果憎恨林南柯会产生错误判断力的话，那么正确的选择应该是……去喜欢他？

我没什么事吧？

这个想法从脑子里蹦出来的时候，我差点没从凳子上跳起来，有些人的嘴脸，丑得就像一桩冤案，皮肤白的人做不了包青天，所以我无法拯救他。

整整一节自习，我都在思考这句话的含义。下课铃声一响，趁着赵思念还没有从教室里冲出去，我赶紧拉住她。

“赵思念！”

“你别挡着我，我要去看我男神。”

我才不管，今天必须问出一个答案来才行。

“此路是我开，此树是我栽，要想从此过，留下答案来！”

赵思念微微一笑，叫了声“林大委员好”，我竖起食指对着她摇了摇，得意道：“别拿他来骗我，我不信。”

这时，后脖颈突然凉飕飕的，我察觉到情况不妙。还没等我回头，林南柯便把堵在门口的我拎走了，他身高占优势，长腿长脚的，仿佛拎的不是人，是一袋大米。

本大米觉得，有点勒脖子，申请下回温柔点。

林南柯把我拎到角落里，让我心里莫名产生一种被狼叼过来的感觉。他似笑非笑地望着我，近距离的目光交流总让人产生压力感，离近了瞅瞅他，倒是长得还挺好看。

“你这还干上劫匪的行当了？”

“你怎么什么事都管？”

林南柯倚在墙边，居高临下地望着我，义正词严：“我这是为你好，怕你误入歧途。”

要不是因为他，我至于这样？

我让他往边上挪挪，别挡路。

他看着我远去的背影振振有词：“喂！身为正义的一分子，芝麻官也有责任杜绝校园暴力的发生，年加加，我觉得你有点危险啊——”

旁边人闻声纷纷看过来，我回过头，表示再说下去，我就把他的嘴撕烂。

上课铃声响了有一分钟，赵思念才无精打采地回来，林南柯喊住她，正准备盘问一番，谁知她嘴一咧，泪就在眼眶里打转。

很明显，今天她情绪不太对。

旁边人劝解，迟到的事就此作罢，我赶紧扶着她回到了座位上。

她咧着嘴说了一句：“果然女神才能配得上男神。”

我没再继续往下问。

能让一个大大咧咧的女孩子觉得委屈，想必一定是无法言说的浓厚忧伤。

我不敢说自己能够完全理解她此时的心情，但我可以说，我经历过。

等到赵思念委屈够了，她还是很沮丧，问我今天是不是特丢人，我拍了拍她的肩膀。

“初一那年，我成绩倒退二十多名，却还要代表我们班在国旗下讲话，全校二千多人在台下，乌压压的全是人头，我一上台，就忘记怎么说话了，结果被教导主任一吼，吓得对着麦克风哇哇大哭。”

“你也太丢人了。”

“更丢人的还在后面。班主任来拉我，我死活不肯下去，非要抱着话筒把话讲完，最后连哭带号的，还抹了话筒一把鼻涕。你看，这个世界上，有人快乐，就会有人难过，有人笑，也会有人哭，没什么丢人的，拍拍屁股站起来，影响不大。”

我不知道赵思念为什么而难过，但我知道，这世界上有一种安慰方式叫：你看，我比你更惨过，你一个人自怨自艾，可你看到那些比你更惨的人了吗？他们还在乐观积极地生活。

〔Cut 3〕

占星手册被林南柯打小报告交上去了，再想帮别人算运势是不可能了，在我还没有想到办法拿回我的书前，必须让林南柯知道谁才是这块地的大哥。

我信誓旦旦给赵思念说完这话之后，我妈就敲门进来了，我把手机藏到课本下面，作战经验多了，做事有条不紊，一点都不心虚。

我妈端了一杯牛奶，捋了捋我的头发，笑道：“果然选学校是有用的，好学校有好的学习氛围，我们加加现在真上进。”

我使劲点头：“妈，你放心吧，我不会让你失望的！”

“真乖。”我妈坐在我身后，继续捋我的头发，“可是你这练习册上怎么一个字都没有？”

我不满，这上面明明写了一个“答”字，孙老师说过，写“答”字还算两分呢。

如果一道题十分，起码现在拿到了五分之一，剩下的五分之四，两分天注定，两分靠命运。

“妈，你在这里又捋头发又讲话，我实在是静不下心来，你要是想和我聊天，等我写完作业行吗？”

我妈就吃这套，这种变相的逐客令带着几分上进努力的味道，甜蜜的糖衣包裹了原本的苦涩。门被关上那一刻，我倚在椅背上，觉得自己心眼儿能吃掉大人了，还挺得意。

手机聊天框里，赵思念听了我的话，让我活得清醒一点，别还没到年纪，就做人不爽非成仙，生在地面想上天。

“我劝你好好说话，否则明天我让你看着我吃两个冰激凌。”

赵思念：“大姐，我错了还不成吗？”

“我错了，但是我不改。”

看着屏幕上的消息，我缓缓打出一个问号。

“年加加，你在林南柯手底下屡战屡败的凄惨战绩，和你刚刚大放的厥词差得不是一星半点。”

赵思念今晚的话再结合上次那句“不要憎恨你的敌人”，导致我晚上睡前翻来覆去满脑子都是这事儿，说得再精确一点，满脑子都是林南柯一米九的巨人身影。

……

脑袋里两个小人，左边的说：“你就该想怎么做就怎么做，让他知道这个世界有多邪恶。”

右边的说：“不要了吧，万一玩大了，到时候妈妈会生气的。”

左边指责右边：“你怕什么？胆小鬼！”

右边反击左边：“我是谨慎行事，你个莽夫懂什么！”

我听得实在烦，便用手一拍，让它们哪儿来的回哪儿去了。

第二天一大早，我到教室的时候，赵思念已经啃着面包开始背单词了。

我吃了一惊。

“生活不容易啊。”我坐下，往她桌面上扫了一眼，“干啃啊？”

她嘴里塞得满满的，含混不清嘟囔的什么我也听不清，远远望见林南柯出去了，我一把抓起赵思念的水杯就跑。

“干什么去啊？”她喊的这句我听清了。

“怕你噎死，给你接水。”

我一路跟踪林南柯，他出来之后，我们班一女同学也跟出来了。

平时这小姑娘柔柔弱弱的，双鱼座，成绩不错，据说是全班第五进来的，从不打闹，甚至不说话连存在感都没有。我想了想，好像自己平时和她没什么太多的交集。

两人往楼梯间一走，我就知道肯定有问题，老天开眼，这是绝佳的机会，平时遵纪守法滴水不漏的林南柯连点把柄都抓不住，今天出门早知道看看皇历了，应该去买彩票才对。

由于离得太远，我听不清两人说什么，只能凭借自己对口型的记忆自动脑补，脑补也不是一个轻松事，几个回合下来，我已经乱套了。

这时被人从背后拍了一下，我倒吸一口气，赶紧捂着始作俑者赵思念的嘴把人拉到一边。

“你怎么跑过来了？”

她指指水杯：“我想喝水。”

我二话没说，把杯子塞给她，刚转过身，她又拉住我：“你这是看什么呢？”

“我……”我嫌她话多，再不过去盯着怕是两人都要散了，我还八什么卦。

正好隔壁班班长抱着作业过来，我和他有过几面之缘，情急时，我直接把赵思念推了过去。

在对方一脸愕然下，我赶紧说：“她想喝水！但是她脚崴了，麻烦你帮帮她，谢谢了！”

等我再过去的时候，正好看到林南柯接过一个粉红色的信封。凭借多年看言情小说经验，我太清楚那是什么了。

我屏息以待，瞪大了眼睛准备见证接下来的剧情。

然而下一秒，孙老师的声音突然从我身后传来：“年加加，你鬼鬼祟祟干吗呢？”

吓得我赶紧屁滚尿流地滚回了教室。

看戏看半截儿，我倚在走廊墙壁上，陷入自己的哀伤中，林南柯到底接没接那信封啊？这也太难猜了，比函数还难。

我不知道林南柯什么时候过来的，他阴阳怪气地问我：“哟，罚站呢？”

“罚你个头！”我转身从后门回了教室。

也算是有所收获，我趴在桌子上，开始部署下一步的计划。

小时候有些恶作剧总会被冠上无聊的帽子，这种无聊的行为，在我们的成长中逐渐消失泯灭，于是，那些幼稚年少所做的事，也就成了我们心中一抹盛放的纯白。

得知有人给林南柯递情书后，我在心里把他的魅力从头到脚质疑了一遍，决定趁热打铁，抓住这个好机会，干一件惊天动地的大事，正好能把赵思念所说的两句话都贴合起来。

等死吧他！

我的剧本是这样的：在一个很平常的清晨，某个恶作剧的始作俑者把“林南柯喜欢年加加”涂好颜色，写成漂亮的艺术字，醒目又甜蜜地镶嵌在黑板上，然后我一时羞愤，拿黑板擦全部擦干净，趴在桌子上委屈巴巴，脸红地听着同学们的议论。

和 2012 年里约热内卢奥运会的热度还没过去一样，我们学校的运动会热潮也没过去，再加上我在运动会上的惊鸿一跳，约莫半个学校都知道我是谁。

名人新闻，必定大火。

林南柯就等着名震树中吧！

而就在那个秋末，无异于往常的清晨，我那个自掘坟墓般的恶作剧剧本上演了。

只是，剧情的发展跟我想象的好像不太一样……

我和林南柯的青春总是与众不同，就连丢脸的事也做得别出心裁。

那天，我一大早怀着恶作剧得逞的激动心情走进教室时，林南柯正接受班上同学的轮番轰炸。见我进门，平时起哄一把手刘海鹏大喊道：“哟！这不当事人来了吗？”

我想演一下青春少女秘密心事被揭发的悲壮，结果从那时候起，我就发现了自己表演方面的天赋为负数。

“羞愤”二字落到我身上，只剩了羞。

林南柯倚在桌边，静静地看着我走进来。

我明知故问：“你瞅我干什么？”

林南柯日光淡淡，仿佛我那点心思早就被他看穿了一般。

赵思念也无比纳闷，我这时候才想起来生气，抬头看黑板，生气地说：“这谁写的？造个谣都不切合实际。”我跑上去，拿起黑板擦，林南柯突然过来把我手拉住。

不知道是不是那时候的我见识浅薄，清晨的阳光正好镀在他身上，我们两个面对面，近在咫尺的，除了黑板，就是斜上方那张不怀好意的脸，我听见心里“咯噔”了下，意外觉得那张脸竟然很好看。

我被这个认知吓了一大跳，反射性地往后退了一步。

他抱起胳膊，低头端详我手里的黑板擦，语气懒洋洋的，完全没有一点身为当事人的惊慌失措：“擦什么？既然是造谣，那就等孙老师来了评评理。”

那还了得？

我难掩心慌，赶紧去擦黑板。

他凑到我耳边，低声道：“心虚了呀？”

“心虚什么！”我大喊，“我是怕你敢做不敢当！”

林南柯：“你说谁敢做不敢当？”

他的话句句是陷阱，我本来就做了坏事底气不足，赶紧擦完，扔下黑板擦跑回座位上。

赵思念看出事情不对，偷偷问我怎么还跟老鼠见了猫似的。

我只好老实坦白：“其实你不知道，那句话是我昨天晚上写上的。”

“啊？”赵思念脸色顿时比吃了虫子还难看，“我该怎么说你？”

我摆摆手：“别的不要多说了，就夸我敢于思考，勇于牺牲，智勇双全。”

赵思念：“螳螂捕蝉，偷鸡不成蚀把米。”

嘿，怎么说话呢？

这种事最怕的就是一传十十传百，学校整个楼层几乎没有什么秘密，哪个班有屁大点事，都能成为热议的话题。

更何况是这种青涩年少心事，所有人都对这种事敏感，我一个人的恶作剧变成了全年级的狂欢。

下课聊天时，一个女生表示刚刚去厕所的时候，还听见有人问林南柯这事来着。

想想一米九的大个儿被人问得面红耳赤，我的负罪感突然就出现了，所有人都在满足自己的私心，却从未想过，什么叫压死骆驼的最后一根稻草。

而我的恶作剧，就是那根多余的稻草，不知道给林南柯带来了多少麻烦。

〔Cut 4〕

我最近总是琢磨着什么时候给林南柯道歉。

林南柯在这场闹剧中也没做错什么，突然被冠上了这么大一顶帽子，听说烦得都吃不下饭。我虽然不想让他好过，但也深知自己这事做得实在不地道，忍不住心虚。

我心想事情不能就这么过去了，对不起人家总得做点什么补偿补偿。在良心的促使之下，我在买饮料的时候特地多给他买了一瓶。

赵思念说：“铁公鸡拔毛了。”

我妈怕我上午饿，早晨出门会往我书包里扔几块巧克力，进教室时路过林南柯桌前，我随手给他扔下两块。

他来了之后，一边放书包一边问哪儿来的。

他同桌用眼神示意我，等目光相接的一刻，我露出蓄谋已久的温柔笑容。

体育课需要去取体育器材，老师派了林南柯一人，我主动请缨，算是帮他减轻负担，即使后来知道，他只是去抱一个篮球。

课代表收作业的时候，我特意跑到林南柯身边，问他写完了没有，林南柯看到我后表情凝固。

我趁他凝固着，表示没关系，又把自己的作业本甩在他面前，让他尽管抄。

他盯着作业本看了几秒，问我是不是疯了。

旁边人冷冷道：“抄你的还不如他瞎蒙对的多。”

总之，为了弥补自己一时冲动所犯下的错误，我极尽所能，做遍狗腿之事。最后我把他喊出来，准备最后一步的道歉。

林南柯站在楼道风口，一阵风从他的方向吹过来，吹散了秋老虎的威风，吹得人神清气爽。

他问我：“年加加，你这段时间够奇怪的啊。”

我不好意思地笑笑：“有吗……”

他突然沉默了，我缓缓抬头，看着那双眼睛，多年绘画经验，让我不自觉在脑袋里描出了他脸形的轮廓。

放学后的楼道太安静了，一阵风吹过，外头的叶子乘着风轻飘飘地落下，我仿佛能听到风将它们送到地面前轻轻叮嘱的声音。

“年加加。”

“嗯？”

他多了几分羞怯，我警惕起来。

林南柯一脸认真："我只想好好学习。"

我："？"

"所以，你不要再白费劲儿了。"

我盯着他看了几秒钟，总算明白过来，忍了忍还是没憋住——

"林南柯，你神经病吧？"

赵思念说，我最近的行为的确让人迷惑，别说林南柯会误会了，就连她都觉得我对林南柯有那意思，更何况学校其他人。

苍天啊。

我仰天长啸，难道正值花季少女的我一颗芳心还没开始乱撞就已经被拍死在名为"林南柯"的这片草原上了？

赵思念："我劝你还是跟他说实话吧，这样下去对你俩的名声都不好。薯片吃不吃？"

"我自己来。"我在一众薯片里挑来挑去，可比克是周杰伦代言的，但是乐事比可比克好吃。

我问她："你知道人为什么会撒谎吗？"

"因为有时候实话被人嫌恶。"

"知道就好，给我拿一下那个糖。"

赵思念走到收银台前，把东西一摊："你以为林南柯是傻子吗？他早就看出来了。"

我没理她，直接让售货员结账。

我当然知道林南柯早就看出来了，我也不是傻子。

只是自己主动承认错误和彼此心知肚明然后心照不宣地揭过，虽然都有事实真相的参加，可根本意义不相同。

比如现在他来问我这件事是不是我干的，我可以选择死不承认，坦白后可就没这个选项了。

我这人虽然看起来风风火火，但是做起事情来也真是婆婆妈妈，前怕狼后怕虎。我妈生气的时候骂我，说我这个脾气和我爸一模一样。

她说的是我的亲爸，不是现在的继父。

说起我的爸爸妈妈，我怕是三天三夜也讲不完。总的来说呢，就是他俩的爱情故事可以写成一本言情小说，男女主角最后没有在一起的那种。

我的继父对我很好，在我的记忆里，他所占的比重比我那位摸不到人的亲爹多了太多，我妈脾气不好，有什么事，我倒是只敢和他讲讲。

晚上回去后，我匆匆吃两口饭就放下筷子了，我妈暴躁，刚想骂我几句，他就拦住了她。

我干脆回屋自我反省。

没过一会儿，他就敲门问我睡了吗，我说没有。

他进来，坐在一边，问我："加加，我和你妈都觉得你这两天心情不太好，能和夏叔叔说说怎么回事吗？"

我是真的很想告诉他，但我不知道该怎么开口。那件事于情于理都是我有错在先，而且这种少男少女之间的朦胧情感，当时的我也说不出口。

出口必死。

赵思念后来问我为什么不敢坦白说出来，我举了个例子，说，这其实就和我主动告诉父母自己早恋了是一个性质。

赵思念劝解道："姜还是老的辣，说不定能为你提供解决方法呢？"

"你都说了，姜还是老的辣，说不定下一次就成为引爆亲子大战的导火索呢？他们都是过来人，你只要有了苗头，剩下能给你脑补出一部电视连续剧。"

后来我想了想，这不是说废话吗？有了不对劲的苗头就都能猜到，那我还隐瞒个什么劲？

这行为真是比鸵鸟还鸵鸟，足够自欺欺人。

最后，我还是选择了坦白。

"夏叔叔，你说人们爱听实话还是爱听假话？"

"这得看情况。"

"那如果对方已经知道了事实的真相，就是没说破呢？是不是该给他道歉？"

那个中年人坐在我对面，我能看到他为这个家奔波操劳而长出的皱纹，黄色皮肤上，那几道年龄的沟壑显得慈祥又温暖。他笑呵呵地说："那说不定，人家其实就是在等你的一句坦诚呢，心知肚明，话没说开，所以一直没台阶下，你说这事怪谁？"

我陷入了沉思。

我睡前一直琢磨这事，甚至做梦还梦见林南柯变成了啄木鸟，我就站在那里一动不动，他一口一口叨我，一边叨还一边逼问："你到底说不说实话，说不说实话！"

我是饿醒的，梦里后来我被啄得生了一肚子气，没忍住，就把林南柯那只鸟给烤了。

第二天课间操，我逮了个空，叫林南柯一起去接热水。

他一开始没动，把杯子递给我。

“谢谢。”

我说：“我找你有事。”

他看了看四周的人，最后拿起杯子跟我一块出来了。

“有什么事你赶紧说，我还要回去改试卷。”

“林南柯，我承认上次黑板上的字是我写的，对不起。”

林南柯说：“就这事？”

我说：“对啊，就这事。”

他表示：“那没事了，回去吧。”

我诧异地站在原地没动，他返回来，说我：“我早就知道了，也没怪你。回去上课吧。”

凭什么不怪我？我准备质问，难道是他真的心无旁骛，对这种名誉问题已经视为身外之物？还是这人假戏真做？或者觉得我无聊，不屑于陪我玩这种无聊的游戏？他以为自己是谁？不过就是一个纪律委员罢了，还是会公报私仇那种，平时针对我针对得还少吗？现在有实锤把柄在手，装什么圣母玛利亚？

我装了一肚子的疑惑还有怒火，我也不知道为什么会有怒火。

然而，我说：“知道了。”

第三章 / 憨憨行为

XIHUANWO,
NIPALEMA

〔Cut 1〕

林南柯并没有悔改。

距离道歉过去不超过五分钟，他就因为我画星盘收走了我的草稿纸。

赵思念摇头叹息：“有这样的纪律委员，何愁成绩不上坡啊。”

原本是语文课，语文老师迟迟不来，变成了自习课。

后来孙老师来了，还带着一位新老师。

孙老师戴着扩音器，慢条斯理道：“那个同学们啊，你们语文老师最近身体不舒服，请了一段时间假。我们的语文课以后就由胡老师上了，你们都听话啊。”

旁边的女老师一看就是大学毕业没多久的样子，身上还带着韧劲，不过长得挺好看，孙老师一把年纪，和她说话都有点结巴。

“那个……胡老师，这里就交给你了哈。谁不听话告诉我，我收拾他。”说完，临出门的时候还瞪了我们一眼。

新官上任三把火，新老师也是这样，刚来还没说几句，就发了一套卷子，说要测测同学们的掌握程度，也好部署接下来的课程。

我在心里对她这种大胆的行为感到不安，上来就做测试，恐怕诸位同学心里已经对她打了红叉。

一般来讲，我考试时只挑会做的填上，填完剩下的时间便与周公商讨其他题的答案，讨论着，眼皮就越来越重越来越重，最后打起瞌睡。

其他科老师知道我的水平，大部分放任而去，但这个语文老师不一样，过来敲敲我的桌子，让我困的话就站起来。

赵思念道："林南柯还是跟你过不去，这小报告还是他打的。"

他完了。

林南柯下课还特意跑过来问我，站一节课感觉怎么样。

我表示新来的老师不懂事，过几天习惯就好了。

他对我的话嗤之以鼻。

我和林南柯就这么一直保持着你争我斗的状态，不过也多亏了他，我现在练就了一身能做间课的本领。

赵思念最近挺忙的，天天往隔壁班跑，唉，少女心事总是诗。

我有时候调侃她，问她去隔壁干吗了，她吞吞吐吐说是去问问题。

"咱们班没有值得你学习的人了吗？倒数第七同学。"

她瞪我。

这样的日子过得很快，期中测评马上就要来了，毕竟是上了树人中学后第一次正儿八经的考试，月考是自己学校里组织的，但期中考试却会在全市排名。老师和同学们都显得极为重视，尤其是那些憋着一口气的同学，为了能在第一次大考中大显身手，证明自己的学习能力，除了上厕所喝水，我就没见他们从座位上动过。

下课跑出去散心的，仍旧是我们这一群“真空人才”，两眼一闭，啥都不会，逍遥自在。

下课铃声一响，我从课本里把脑子抽离出来，伸了一个懒腰，却看周围人还都在奋笔疾书。

我说：“赵思念，你闻到什么味道了没有？”

她嗅了嗅，摇头。

“你看，那是从考试坟墓里发出来的，书呆子的臭味。”

她点头附和：“正解，正解。”

不过，相比较赵思念家里无人问津成绩，我其实还是有点担忧的。我妈昨天晚上还为了我的考试，特意多买了几块排骨，让我好好补补身体。

如果没吃也就算了，我这人抵抗不住诱惑，三两口就吞了下去，排骨恐怕已经消化了。

俗话说得好，吃人嘴软。

我放学回去的路上，脑袋里全部都是数学公式，赵思念鄙夷地望着我，说上课的时候也没看你多认真，现在瞎勤快什么。

我没理她。

别人学习靠的是持之以恒坚韧不拔的精神，而我学习靠的是热乎劲，这会儿想学的情绪上来了，要赶紧抓住。

没过一会儿，她突然掐住我的胳膊。

“年加加，年加加！”

东北女孩手劲真可以，我倒吸一口气，赶紧推开她。

“怎么了？”

“你看前面是不是林南柯和隔壁班那班长？”

我抬头，斜前方两个男生背着书包，推着自行车走在路边，左边那个可不就是化成灰我也认得的林南柯吗？

她拉我快跑，我被她拖着，往前踉跄了几步，然后又停下了。

“你怎么了？”

我说：“要不……你过去吧，我就不过去了。”

真的，在我学习劲头正高昂的时候，突然被石头打击一下我真受不了。

赵思念看了看前方，又看了看我，无奈地叹气：“好吧，我陪着你，你不去我也不追了。”

挺不好意思的。

她半天没说话，我手里拿着课本，一股热血突然冲上脑子，二话不说拉起赵思念就朝着他俩跑过去，我怕什么？我又没做亏心事！

赵思念吓一跳，一边往前跑一边喊：“怎么了？你突然发什么神经？不是不追了吗？”

跑着跑着，林南柯他们突然停了下来，就在我以为他们听到了追赶声，打算等一等的时候，两个人骑上自行车，车轮轧过一片落叶，“吱呀吱呀”地越走越远。

我和赵思念停下脚步，累得上气不接下气，面对面互相看着对方在风中凌乱。

我妈有句话说对了一半，就是好的学校会带来好的学习氛围，但是树中对我的影响并不是变得上进，任何事情都有双面性，学习的事儿也不例外。

像我这种原本学习就跟不上的学渣，在树人中学快节奏的教学模式中，我每堂课听得就跟天书一样。

大家的学习基础不同，而且绝大部分人都是凭借实力考上树中，所以，老师制订学习方案时也按少数服从多数来，像我这种吊车尾的，就只能妥协。

我知道夏叔叔和我妈送我去树人中学是为了我好，但是大多时候其实都是父母把这种自己想象中的“为了你好”强加在儿女身上了，他们总是用自己年长的身份告诉你，这事为了你好，无形的道德压力又让你没办法从根本上反驳。

吃饭的时候，我妈还是不停地往我碗里夹肉，像是多吃了就可以成绩变好一样。我妈说：“你最近的努力我都看到了。”

我心说那就好，我尽力了。

她又问我：“有没有信心冲进前十名？”

嘴边的肉突然就不香了。

我看看我妈，又看看夏叔叔，最后胡乱扒几口饭，自己进屋学习去了。

我妈总是喜欢给个甜枣再打一巴掌，我觉得这样不好，人们只记住了最后那巴掌，却没有记住甜枣。

我姥姥说过，我妈这人脾气就这样，要不是这脾气改不掉，也不至于和我亲爸离婚。

有时候我也觉得我妈挺可怜的，别人因为最后的那巴掌怪她，却想不起之前她也为了别人打过枣儿。

这时有人敲门，我说进，停下手中的笔，心想又是夏叔叔来找我了。

却没想到，这一次竟然是我妈。

她笑得很温柔，问：“加加，学得怎么样啊？”

“妈！”我有点郁闷，“你都追杀到我房间里来了啊。”

“死孩子，怎么说话呢，你夏叔叔让我来看看你，问问你有什么想法，你尽管说，妈妈听。”

我说：“真的？”

她说：“嗯。”

我说：“妈，我其实跟不上树人中学的课。”

她问我怎么回事。

对，她问怎么回事，而不是像以前一样直接说我脑袋笨。

我实话实说，这一群后进生，根本就不在老师的教学计划内。

说完，我又觉得太片面，补充道：“也是都怪我，我天赋不好，如果天赋好的话，奋力追追还能赶上。”

“这不怪你。”我妈语重心长。

我鼻头一酸，眼泪正在打转儿，她又说：“你这天赋，几乎为零啊。”

我愣了愣：“我是您捡来的吧？”

我妈问：“你三年级的时候，你们班主任因为你写作业的事叫我去过学校，你还记得吗？”

我摇头。

“老师当时让你们写作文，要求落款笔名，你知道你写的什么吗？”

我继续摇头。

“你写的晨光 0.5mm 黑色中性笔。”

听我妈说完，我第一次对自己的无知感到震惊。

〔Cut 2〕

人们把逃避现实不敢面对问题的懦弱行为叫作鸵鸟心态，而鸵鸟心态并没有为自己争取到什么有用的东西，期末考试该怎么来还是怎么来了。

林南柯还有空调侃我，说：“年加加，看你挺用功啊，最近放学路上都能看到你背题。”

他看到我了？

我狡黠一笑，用不大不小的声音说：“哎哟！林南柯，你是不是跟踪我啊？”

此话一出，周围人八卦的目光迎面而来，表面上波澜不惊，其实都偷偷竖起耳朵来听听有什么劲爆的新闻。

林南柯指着我，恶狠狠道：“算你狠！”

我怕什么？上学校新闻头条这种事，一回生两回熟，时间长了也就习惯了，和做题一样，熟能生巧，脸皮越磨越厚。

做题在于练习，虽然我已经对自己的考试成绩不抱希望，但俗话说得好，临阵磨枪不快也光，趁着下课时间做完一道题，核对答案之后发现全都对了，我暗自高兴了一把，然后乐呵呵出去上厕所了。

然而还没等我走到门口，就被刘雪莹连拖带推送回来，摁在了凳子上。

我哀求她：“大姐，有什么事一会儿再说行不行，我要上厕所。”

刘雪莹双手合十，压低声音：“我求求你了，十万火急，就帮我这一次。”

“我也就是个半吊子，这东西算出来不一定准的。”

“没关系没关系，”她一脸苦哈哈相，“快帮我算算吧。”

“可我真的很想上厕所。”

“姐姐！”

膀胱简直要炸了。

我也实在没办法，只好应了她，就算我不为自己考虑，也得为膀胱想想，膀胱要是有嘴的话，现在已经破口大骂了。

我取出一个骰子，让她摇一摇，最后落在“1”上，我问她：“你什么星座？”

“摩羯，上升射手。”

我想速战速决，便瞎蒙道：“哎呀，我觉得你这次，数学有点悬。”

她一拍脑门：“对啊，我这一次数学根本找不到复习的门路，明天就要考试了，这可怎么办？我还想……”

趁着她自言自语，为了膀胱，我赶紧往外跑，谁知道半路义遇林南柯，又把我薅在那儿了。

他上下打量着我，看得我毛骨悚然，问我火急火燎干什么去。

我现在总算知道什么叫一报还一报，天道有轮回了，刚开学时因为占星的事儿我拦过他一次，他当时尿急，风水轮流转，现在倒是还回来了。

我说："我有急事，你让开。"

他无动于衷，甚至还不松手。

我大吼："你让开！"

兔子急了还会咬人呢，人要是被尿憋急了，轻度狮吼，严重了我咬死他也不是不可能。

林南柯愣了一下，看了看对面的男生，缓缓地往右移了一步，我立马百米冲刺跑了出去，有什么账回来再算。

不过等我回来的时候，大家都已经开始摆桌子了。

明天是期中考试，安排考场，需要把桌子拉开，全部倒放，桌洞朝外，单人单桌，学校用意，众人皆懂。

我一看教室里乌烟瘴气的，心想着别过去添乱，正好盛雅媛站在讲台上，我问她我能帮忙干点什么吗，她笑了笑，温柔得像一朵盛开的芙蓉花，递给我一沓粘贴纸。

"要不帮帮忙贴贴考号吧，贴在桌子的左上角。"

我说好，正准备动手，她突然喊我。

"年加加。"我回头，她挺不好意思的，"你能帮我……帮我也算一下这次的考试运势吗？"

我从头顶打了个大大的问号。

……

骰子蹦来蹦去，最后落在了"6"点上，看着排列整齐的红点数，我告诉她尽管放心，应该会考得挺好。

盛雅媛摇头。

我俩坐在台阶上，来来往往人不多，她和往常不一样，不温柔也不微笑，眉头拧成死结，愁容满面。

“你是不是特好奇我为什么信这个啊？”

“我不好奇。”

“真的吗？”

“真的。”我实话实说，“古代的时候，君王不作为，官员腐败，百姓受苦，穷寒交迫的他们在那种环境下生存，就只能找一个比皇帝还要高的阶级作为信仰，于是逐渐有了鬼神这一说，也就是我们常说的精神支柱，这样，日子才会好过一点，即便是君王，也怕鬼神降怒，也怕失败，所以也会去烧香拜佛。”

她听我说完，反应了几秒钟，突然就笑了。

我有点尴尬，开始回想是不是什么地方讲得不对，盛雅媛道：“你平时看着可不是这样的人。”

我没追问她别人口中的我是什么样的人，听别人讲再多，也不如自己切身的感受，那比那些轻描淡写的闲话或道理重要。

最近思考的问题有点多，再加上要期中考试，大脑的使用量急剧上升，导致我进教室门的时候，差点趴倒在地。

林南柯偏巧进来，从背后扶了我一把，准确地说，应该是捞。

“谢谢谢谢谢谢。”没有趴在地上简直是万幸了，我感激涕零，一转头看到是他，顿时谢不出来了。

他反过来笑话我：“笨手笨脚，难道你小脑萎缩？”

我气得不轻，刚抓起笤帚，教导主任从不远处过来，我从后门看见他的头一路飘到前门，赶紧佯装扫地。

这恐怕戳中了林南柯的笑穴，他得意忘形，我让他嘴张得小点，我都能从扁桃体看见胃黏膜了。

孙老师让盛雅媛和大家说了需要准备的文具，一下课，学校小卖部里又挤满了人，我看着攒动的人头，和赵思念站在门口犯了愁。

这么多人，挤进去倒是能挤进去，能不能活着出来是个大问题。

赵思念扒拉我，说：“你看，里面那不是林南柯和郑繁星吗？”

“郑繁星？”

“就是隔壁班的帅哥班长，和林南柯要好的那个。”

班长？要好？还没相识，我就在心里对这个繁星打了个叉，和林南柯要好，应该也是个吃人不吐骨头的毒舌，给他一个键盘就可以网络撒泼那种。

“我们需要什么东西可以让他们帮我们买出来。”

两位大高个儿在一群肉挤肉的学生中确实够明显的，我本来还想有点骨气，坚决不用，但一想到一米五五掉进去渣都不剩，还是妥协了。

赵思念用大嗓门成功引起了他们的注意，郑繁星直接喊话：“你们两个就别进来了，需要买什么，我帮你们两个捎出去。”

“我们要两个涂卡笔，两块橡皮，四个 0.5mm 黑笔芯。”

看着大高个儿在一群人中游刃有余，我不禁羡慕。我问：“赵思念，你说，我们两个什么时候才能长这么高啊？”

赵思念直接打消我的妄想：“恕我直言，你这辈子别考虑了。”

我：“……”

实话归实话，说出来可不就是等着挨打吗？

这时，林南柯他们出来了，在一众人群中张望，我跳起来，大喊：

“在这里。”

他过来，把东西递给我。

“怎么是你给我买的？”

“是我不行？”

我看他有点吃瘪，赶紧改口：“行行行，得此殊荣，感激不尽。就是有点好奇，林大委员什么时候肯帮小的的忙了？”

赵思念和郑繁星去一边不知道嘀咕什么去了。两人一走，林南柯彻底摘下他的绅士面具，“啪”地给了我一个脑瓜崩。

“我给你多买了盒涂卡笔的铅芯儿，那个笔自带得太少了，怕你考到一半不够用。”

我大脑短路了几秒，反应过来赶紧去摸口袋。

“多少钱，我给你。”

“不用了。”林南柯说，“考好了请我吃饭。”

我可不想欠他的人情，不管考不考得好，这顿饭是请定了。

赵思念后来问我感觉怎么样。我被她的问题问蒙了，想了想回答了一句：“林南柯正在为他泯灭的人性挽留最后的尊严。”

赵思念：“完蛋……”

“哎，对了，年加加，听说林南柯是咱们年级唯一一个中考数学考了 119 分进来的，离满分就差 1 分。”

我震惊。

赵思念让我不要惊讶得连五官都扭曲。

“怎么了嘛。”我不满道。

“你这鼻孔张得都可以上两炷香了。”

做个人好好活下去不行吗？

〔Cut 3〕

数学能考119分，在我眼里，那定是神人。

我看林南柯的目光突然敬仰起来。大概是与之前万般嫌弃的样子大相径庭，他问我：“你最近是不是有点什么毛病？”

我笑呵呵，赶紧摇头：“没有没有，我能有什么病啊，我就是想问问你，你数学怎么考的119分？”

他微微一笑，语气带着股欠揍劲：“少写道填空题不就行了。”

我：算了……不问了。

孙老师这人还挺仁义的，晚自习时，进来看到我们一个个被考试折腾得无精打采的，他敲了敲桌子，让所有人都振作点。

后面话多的同学接了句“老师你别费劲了，我们已经缴枪投降了”。

孙老师用力敲着黑板，恨铁不成钢，说话语气都比平时严厉了很多。可是他嗓门就那么大，挨在身上没啥感觉，不痛不痒，甚至还有点困。

我跟赵思念说：“其实老孙也挺可怜的。”

实在无法想象，孙老师这样脾气好得要命，又没有什么威严，是怎么带出一届届学生来的。

“你没听说过山人自有妙计吗？”林南柯从后面悠悠接话。

我回头瞥了一眼，问他：“你怎么过来了？”

“他们布置考场的把我课桌拽到这儿来了，我怎么知道？”

我没理他，现在也不想理他。

谁让他数学考了 119 分。

孙老师说：“本来打算等你们考一半告诉你们的，学校下周末举办艺术节，等你们考完就开始准备节目……”

台下已经因为孙老师的话乱成了一锅粥，原本的丧气消失殆尽，同学们七嘴八舌地讨论起来。

我听着孙老师用他沙哑又微弱的嗓子喊着：“安静点！安静点！”

没一个人听他的。

最后，他敲了敲黑板。

“所以，这一次希望你们都给我好好考，别一个个垂头丧气的，祖国未来的希望哪有你们这样的？还没过冬呢，就都跟霜打的茄子似的。”

孙老师的确鼓舞了士气，连同学们背题的声音都大了很多，祖国未来的茄子终于争了口气，尽最大努力主动把自己煮熟。

我回过头，眨巴眨巴眼睛望着林南柯。

他表情跟看见鬼了一样，往后躲了躲。

“你有事？”

“林南柯，你看，我们平时也算是不打不相识了对不对？”

赵思念听不下去，送我一个大大的白眼，凶巴巴说：“年加加，你可真好意思你。”

我怎么不好意思，俗话说得好，人为财死鸟为食亡，作为人类，我不抢食，小小年纪，我不为财，当务之急就是解决成绩的问题，一次考试失败，家校两边就搞得跟天塌下来似的，这谁顶得住。

面对敌人，短暂的妥协可以获得生存契机，只要功夫深，管他多粗的铁杵，我都能磨成针。

不过林南柯并没有给我展示的机会，他直接毫不留情地拒绝了我——想让他帮忙？想得美！

这个回答我一点都不意外，别人可能叫铁杵，磨完了还能用，他叫如意金箍棒，磨不了也就算了，还会一棍子把人打死。

赵思念表示：“你错了，孙悟空打死的都是你这种妖魔鬼怪。”

“就你明白，就你话多。”

万万没想到，拿到考号的时候，林南柯居然和我一个考场，我震惊不已。

按理来说不应该，从他成绩来看，好歹也是中上游的学生，怎么能和我这个倒数混在一起。

我在考场看到他的时候，忍不住嘴欠讥讽了几句：“哟，您也在这儿啊。”

他脸色不太好，眼神复杂。我被这种目光看得起鸡皮疙瘩，但并不妨碍我讥讽他。

“下来体察民情来了？”

林南柯突然扣住我的头，他的手很大，就像是一个大碗扣住了一个丸子，虽然这个比喻挺不恰当的，但考试前的我也就能想起这样的形容词。

毕竟我有个毛病，考试前容易四大皆空，大脑一片空白，学了多少忘了多少。

他扣着我的脑袋把我拖到了座位上，警告我：“考试前不想吵架，容易晦气。”

说得也对。

趁他还没走，我问他什么星座，林南柯居高临下，十分鄙夷地说：“你可省省吧，我还没到靠迷信来算考试成绩的地步。”

“这不是考前放松放松嘛。”

他撇撇嘴：“狮子。”

狮子座，按理来说不该和我射手座水火不容，如果不是星座的问题，那么肯定是五行和风水了，而我偏向占星，对于风水这一套一点都不懂。

罢了罢了，随他去吧。

我说，你看，咱们班就我们两人分在这个班，是不是一种缘分？

“你到底想说什么？”

“数学我不太会……”

林南柯拒绝我：“你想都不要想！”

这也太无情了吧。

期中考试最终以我举小白旗结束。

刚刚从紧张的气氛中脱离出来，我松了口气。旁边同学三五成群，好像都在激烈地讨论着什么，我凑过去听了一耳朵，知道他们在讨论刚刚的题，又把耳朵拿了回来。

旁边小姑娘高高瘦瘦的，我对她有点印象，开学军训时给我递过水，叫李悦悦。她轻轻拍了拍我：“我觉得这次考试难度太大了，有的题型都没见过，你觉得呢？”

我点头：“是……”

可笑，有什么考试对我来说不难吗？

林南柯走过来，双手揣在裤兜里，一副“老子很拽”的样子，我最烦这种考完试胸有成竹的人了。

李悦悦看我俩从一个门出来，惊讶地问：“你们两个怎么考到一块儿去了？”

“孽缘。”林南柯说。

我尴尬地笑笑，问他考得怎么样，他说一般一般，数学也就考个满分吧。

我说你放屁，数学那么难不可能。

他说等成绩出来，要不是满分，他跟我姓。

这不错，搞不好我就为年氏添了香火。

我说成。

老师们的阅卷速度远远超过我们的想象，成绩陆续出来。第三天数学卷子下发，我想都没想就跑过去看林南柯的。他表情淡淡，说着风凉话：“哟，过来改姓了？”

“少废话，拿卷子来。”

他拍在课桌上，一副“师傅，不用找钱了”的财大气粗样儿。

我拿起来一看，红色大字写在右上角：132。

满分 150 分的题考了 132 分，怎么说也比一般人强。

但我并不想就这么放过他，好不容易抓到一次他的小辫子，就这么松手，岂不是太可惜了。

我把试卷折好了还回去，放在他摞好的课本上。

“年南柯，我知道了。”

他同桌瞠目结舌，我转身后听见对方问林南柯：“你把姓都卖出去了？”

原本考试结束，就到了大家准备艺术节的时候，考试成绩并没有带给大家巨大的打击，毕竟高中第一次考，新学校的适应度和新老师吧啦吧啦一大堆因素在里面，大家也就找到了顺理成章的借口。

偏偏到了这时候，正赶上换季，一早一晚冻死人，中午又让人热得冒汗，许多同学就在这捉弄人的季节里，轰轰烈烈地感冒了。

没错，是轰轰烈烈，集体倒下。

校方发布的官方信息说，平均每个班有三分之二的人感冒，剩下的三分之一，除了身体素质过硬，就是还没来得及。

而我就在那三分之一中，命够硬的。

孙老师对于这次感冒的提醒就八个字：注意防寒，多喝热水。

赵思念一边擤鼻涕一边说他直男。

“你可别这么说，喝热水能提高身体的新陈代谢，加快病毒的排出，有利于康复。”

她呵呵两声，表示：“你不去做医生可惜了，顺便还能检查检查有没有脑瘤。”

我说：“别急，有脑瘤也不在于这一时。”

林南柯也感冒了，但是课间操的时候，他竟然还是穿着单衣和一群人出去打篮球，我怀疑他的感冒是不是和我们的不一样，怎么越感冒越嚣张了？

应该是我不懂，这就叫以毒攻毒吧。

〔Cut 4〕

因为集体感冒，艺术节又往后推迟了两周，转眼间又一个月过去了，孙老师很是时候地提醒大家：“亲爱的同学们，艺术节举行完，就是我们的月考了。”

虽然考试都已经成了家常便饭，但还是有不少没办法接受命运安排的同学，一个个怨声载道，不像我和赵思念坐在座位上，心如止水。

前桌回过头来，问我俩怎么回事。对此，我们的回答是：已经麻木了。

艺术节要求每个班至少出一个节目，我毫无艺术细胞，干脆就放弃了。

他们开玩笑说，要不我上去表演一个哈哈哈也行，反正每天也就知道哈哈哈，也不知道哈哈哈的什么。

林南柯怕我把观众们吓出毛病来，让我还是哪儿凉快哪儿待着去。

课间，盛雅媛找林南柯，说课本上正好有《雷雨》话剧的剧本，同样都是班干部，不如借着这个机会，为班级贡献一份力量。

赵思念在一旁，好像看得很明白。

“啧啧啧，主动请缨，你看那表情，那眼神，那语气……”

我闻声望去，看盛雅媛笑得像一朵盛开的水仙花，林南柯面上也有些羞涩，我心里哪个地方像是被推了一下，感觉怪怪的。

“年加加，要不你再算算自己今天的运势吧。”赵思念突然说。

“怎么了？”

话来得太突然，我头顶冒问号。

她无语地看着我，目光真诚，而我眼神疑惑。可能是因为看我真不懂，她便没再搭理我。

晚上放学，班长们被喊去开会，我看着赵思念一放学就一阵风似的溜到了隔壁5班门口，又愁眉苦脸地回来，唉声叹气地收拾书包。

“怎么了？”

“盛雅媛和郑繁星有说有笑地开会去了。”

我送了她八个大字：“哀其不幸，怒其不争。”

话说出来，赵思念的脸立马就从林黛玉变成了程咬金，如果这是动漫，她会扯着我的领子，怒吼：“是我不争吗！是我不争取吗！是我没机会争取！”

好了，我沉默。

林南柯到底是磨不过盛雅媛的软磨硬泡，答应了出演《雷雨》，我讽刺他：“林先生要是成名了，别忘了我们。”

他装腔作势地摆摆手：“低调，低调。”

“不就是个戏子吗？骄傲什么？”我回过头小声嘟囔。

林南柯和别人对台词，彩排，还要管理纪律，再加上月考，忙得不可开交，也就没空为难我了，少了他当真有点不习惯。

赵思念说我脑袋属核桃——活该被门夹。

然而就在我放下警惕，以为自己即将过上自由自在的生活时，林南柯又开始给我使绊子。

运动会过后，体育老师觉得我虽然脑子不太好使，但是起码四肢还算灵活，于是特别关照我，让我进了学校的体育组，在一众大汉中，我显得格外玲珑小巧。

体育组分好多项目，当然也包括林南柯的篮球队，我们跳高队里也有一位男同学，身高一米八五，以我的视角看来，他和林南柯没什么区别，无论是身高，还是那张嘴。

我曾经问他：“你长那么高，怎么不去打篮球啊？”

他说：“那你长得矮，怎么不去卖炊饼呢？”

有时间我一定带这两人一起去健身房，太会抬杠了，不分伯仲。

班会时，我还在跳高队里驰骋，林南柯就在孙老师那里坑了我。

出演话剧需要租借服装，学校让大家自己去寻找合适的，然后学校负责报销，这事揽在谁身上谁都不乐意，毕竟参演者不是一位，意见不统一，一棵树上八个叉。

据说老孙问了几遍，班里没人吱声，林南柯主动站起来，说：“老师，我记得之前年加加说过要帮忙找道具。”

赵思念说孙老师当时眼睛里又惊又喜，仿佛找到了生活的新希望。

我看着赵思念在路上手舞足蹈，内心复杂：“孙老师没那么夸张吧？”

她从地上捡起一片树叶，幸灾乐祸：“反正这一次，最惨的事儿落到你头上了。”

是啊，悲惨命运。

我还没来得及伤怀，一撇头，正好看到网吧门口站着一个熟悉的身影。这家网吧我每天上学放学都能路过，平时没怎么注意，就在刚刚……天助我也。

我停下脚步，问赵思念：“你看见什么东西了吗？”

她直摇头。

我心里有一半可以肯定，刚刚进去的是林南柯。

赵思念仿佛看穿了我的想法，问我：“你不是……想要进去吧？”

就是这样！

我拉着她就往里跑，刚到门口，就被网吧的前台给拦住了。

“你们是来上网的？”

我放眼望去，穿着校服进来的人还不少。

我摇头，佯装淡定。

“我们来找个人。”

那人看我俩也穿着校服，不像是会惹事的样儿，想了想让我们进去了。

四周转了一圈，还是赵思念眼尖，在一众人中找到了他们。

“林南柯！”

他很明显吓了一跳，惊讶地回过头，就在那一瞬间，屏幕上的小人灰了。

郑繁星也在，还特意戴了口罩，不过他却没有打游戏，坐在一旁，用电脑查资料。

“你们怎么过来了？”

听说过什么叫小人得志吗？我现在就是。

“终于让我抓到你的把柄了，林南柯！”

他一边拿书包，一边往外跑，喊着：“郑繁星，救命啊！”

天王老子也救不了他。

好不容易发现了能够教训他的苗头，我该放个烟花好好庆祝庆祝才对，这种好机会可不是天天都有，就这一次，我得做到值得他受用一生。

不过那时候我大概是脑子“瓦特”了，想起来的是另一句：你叫吧，你叫破喉咙也没人来救你。

回去的路上，赵思念和郑繁星在后面缓慢地走着，我和林南柯相看两厌，我不想靠他太近，往旁边挪了挪。

他问：“我有毒？”

“就是不想挨着你。”

他一米九三，我一米五五，有什么脸靠着他？

林南柯却直接一把将我拉过去了，我被他拽得一蒙，紧接着心中涌上一层异样，好像一瓶积攒已久的东西，突然间被打翻了，不知道说什么好，我低着头，没再讲话，他也沉默起来。

眼瞅着就要走到分岔路口，赵思念突然喊：“我家有游戏机，你们要不要去我家玩会儿？”

林南柯说：“明天周末。”

我点点头。

第四章/悄悄发酵

XIHUANWO,
NIPALEMA

〔Cut 1〕

赵思念家有一个小院儿，院子里有菜园，还种满了花草树木。

爬山虎在墙角生根，爬上了房顶，吹了一路的小喇叭，还有许多叫不上名字来的花，各种花团锦簇，围绕在路的两侧，让我想起了《爱丽丝梦游仙境》里的场景，浓郁而又温馨。

赵思念请我们进屋，拿出了手机。

“谁先打电话？”

“女士优先呗。”林南柯说。

郑繁星也点点头。

我拿起手机，给我妈打了个电话，理由是赵思念给我补习功课，晚点回去。

我妈在电话那头听得有点迷：“加加啊，赵思念那孩子考多少名啊？”

“第七名……”

“那就行那就行，我怕成绩一般的孩子带不动你，你自己的水平你自己也知道，你可千万要聪明一点，别让人家……”

林南柯在一旁都笑出了声，我实在是听不下去了，说：“妈，我知道了，我先挂了啊，赵思念的奶奶在这儿呢。”

林南柯笑话我：“高手啊年加加，你撒谎脸都不带红的，倒数第七都被你说成第七了，这不就是黑的说成白的？”

我窝火，拿起一个抱枕丢了过去。

陆续和家中报备后，赵思念打开了游戏机。现在这种《魂斗罗》已经很少见了，几乎在市面上看不见，取而代之的，是许许多多新兴的游戏和更多的电子产品。

旧事物会过去，新事物会代替它们的位置。而人们对旧事物的怀念，也只是在茶足饭饱后拉闲散闷。

其实我和赵思念都对游戏不感兴趣，打了两局后，林南柯和郑繁星就对我们两个指指点点。

林南柯性格略微急躁，见我说不通，突然就斜过来，半个身子贴在我面前。我屏住呼吸，被他蓬松的头发蹭得心上痒。

他控制住游戏手柄，正好攥住我的手，只要我微微一动，他就能靠在我怀里。

洗发水的香味散落在鼻尖上，我往后退了退，他说：“你好笨啊，按上和左不就跳下去了。”

我说：“知道了，那你起开，别碍事。”

他突然回头，冲我狡黠一笑。

我还没反应过来，林南柯已经凑到了我眼前，越来越近，他步步紧逼，我一点点往后退，最后直接倒在了赵思念家的垫子上。

他在上方望着我，距离还挺近，微微笑起来时，一对丹凤眼眯起来，能看出他目光中的迷离，但我更希望，那是看错了。

赵思念他们还在旁边，我心脏怦怦跳，慌乱之中赶紧推他。他却突然抓我的头发，一边揉搓还一边说："我等这一天太久了！"

可算是让他寻到了报仇的机会，我心里憋气，但根本没有还手的余地，最后爬起来的时候顶着一头鸡窝。赵思念望了望我，又看了看林南柯，缓缓竖起一个大拇指。

我瞪他一眼，去一边梳头发了。

出来的时候，赵思念正在帮奶奶为院子里的花花草草浇水。

我从没见过那样的赵思念，从头到脚都是温柔的，提着小喷壶，挽起裤脚，深一脚浅一脚地踏进花丛中，她的温柔挂在眼角、眉梢、嘴角，还有接收雨露恩泽的片片花瓣上。

她不用我帮她，我便坐在门口静静地望着她。

赵思念很快就浇完了，陪我坐到门口，说："每天给这些花啊草啊的浇水，是我最快乐的事了。"

"我觉得你刚刚也挺快乐的。"

她低头，望着逐渐暗下去的天空，即使天沉下去了，也能看到云朵在飘动，一会儿遮住星星，一会儿遮住月亮。

我问："赵思念，你为什么要叫赵思念啊？"

她轻轻笑了笑，目光随着天空一起暗淡下去。

"赵思念这个名字是我爸给取的，奶奶说这个名字不好，一辈子都在思念。我爸我妈生下我一年多，就因为家里没钱，出去打工了，这一去就是这么多年，除了过年回来一趟，我几乎没见过他们。"

她眼里有东西在流动。

“我其实比你们都大一岁，我降过级。初三刚毕业那年，我爬架子去房顶晒土豆干，掉下来了，摔断了右胳膊，休学了一年。不过还好，摔下来的不是我奶奶，我还挺庆幸的，这点苦吃也就吃了。可我爸妈知道我摔下来，不闻不问，我不知道我哪里对不起他们。我也习惯了。”

她停顿了一下，我想同她讲几句安慰的话，可脑子一时间仿佛突然被抽干了，我什么都说不出来。

她道：“我挺羡慕你的加加，虽然是重组家庭，但是你父母他们给你的温暖，是我这辈子都在幻想得到的。都说这个世界上没有狠心的爹娘，可为什么，狠心的爹娘偏偏落到了我身上，我是无辜的。你知道吗？有些东西，错过了就是错过了，再想弥补也难，他们都用自己的方式生活着，这么大的世界，我一个人孤零零光着脚行走，就在这个角落里，看着最亲的人丢下自己。”

我试着去拉她的手，她的手冰凉，泪水滴在手背上，灼热。

她很快就把眼泪逼了回去。

她说自己这么多年练会了憋眼泪。

这事我没法劝她，也没办法安慰她。

人与人之间生来就是不公平的，命运常常被人比作河流，而上帝就是折纸船的人，不知道会把你放在哪个起点，也不知道河水会带你漂向何方。

“不说这个了，你知道我为什么把郑繁星他们带过来吗？”

“为什么？”

“笨啊，因为我想多和他玩一会儿呗。”

“色迷心窍。”

我以网吧事件要挟林南柯，周末和我一起去搞定艺术节道具的事儿，这件事他原本就是始作俑者，必须为自己不要脸的行为付出应有的代价。

林南柯：“那我要是接着不要脸就是不去呢？”

“那你就等着老孙强制传唤吧。”

“行，那我必须去！”

我还以为这人多厉害。

周末一大早，为了这个突然出现的约定，我还特意起了个大早。我妈看我收拾东西还觉得挺惊讶的，问我：“这个周末怎么出息了？早上知道来客厅旅旅游了？”

“我待会儿要出门，学校艺术节，准备道具。”

“你参加了？”

“我不配。”

“果然是我女儿，有自知之明。”

我看着我妈扬长而去的背影，狠狠咬了口苹果。

在楼下碰面，林南柯还戴了一个口罩，甚至把帽子也戴上了。

“知道的人知道咱俩是高中生，一会儿去租道具，不知道的还以为咱们是劫匪，一会儿去抢银行。”

“我姑就住你家附近。”

原来如此，多一事不如少一事，我从包里翻出一副墨镜递过去，让他捂严实点。

还没等我做什么，林南柯先发制人，说自己今早吐了，肠胃不舒服，死活要去医院。

我可不是一个没人性的人，再怎么样也是身体要紧，尤其是大高个儿，晕倒了抬不动。

医生做了简单的检查，确定他只是消化不良，开了几盒健胃消食片，让他回去慢慢嚼。

偏偏林南柯紧张得跟下了病危通知书似的，问医生："我需不需要拍个片子什么的？我觉得也可能是胃癌，吃这个药万一影响我的病情怎么办？"

我：哈？

医生却处变不惊，慢条斯理地解释："放心吧，你不是胃癌，别浪费国家资源了，先拿点助消化的药回去吃。再说，你如果真是胃癌，那注定要死，吃了总比不吃强。"

这医生句句真理，出口成章，一看就是学富五车，身经百战。

林南柯还是不肯就此罢休，又问："医生，那我为什么会得这种病啊？"

医生抬眼看了看他："没事儿，就是命不好。"

不愧是医生，字字珠玑，空前绝后。

〔Cut 2〕

林南柯看病这事儿，让我对他有了新的认识。

且不说那医生觉得他烦，就连我一个外人最后都看不下去，强行带他离开了。

林南柯不愿意，说我草菅人命，置他生死于不顾。

我没直接把他摁死在医院里已经是良心上给他最后的仁慈，不想去租道具就不想去租道具，借口倒是不少。

我这人不喜欢砍价，所以一般情况下，人家说多少就是多少，林南柯也是这毛病，在店里三挑两挑，就准备好了演出所需要的道路，我按照事先列好的表格一个个清点，最后只差他的那件演出服。

店长是个中年男人，上下打量着他，叹气道：“小伙子，你这身高也不好找啊。”

我看了看记录，林南柯居然演的是周朴园，不知道盛雅媛是怎么安排的，要是周朴园这么高，恐怕第一个被雷劈死的就是他。

店长估计看我俩说话痛快，不压价，所以非常热心肠，前前后后来回跑，就为了找那件巨人的衣服。

最后实在没办法，东拼西凑找了两件衣服凑了起来，也算是好歹有了着落。我俩抬着东西出门的时候，我问他：“你妈平时给你买衣服都去哪儿买？”

“我也不知道。”

“长得高也有不好地方，穿衣服都费劲。”

他突然松手，袋子的重量全在我胳膊上，我重心不稳，差点一个趔趄趴在地上。

这男生也太小心眼了，我使劲瞪他。

林南柯一脸得意，接过袋子。

“我自己来吧，你在旁边碍手碍脚的，一点重量都分不掉，还有点麻烦。”

要不是在大马路上，我早就动手了。

“林南柯，改天我请你去吃鱼吧。”

他茫然地看我：“嗯？”

“我看你挺会挑刺的。”

周末的时间说长也长，说短也短，周一上课的时候，我问了几个参演的同学，说没有异议是不可能的，还有人嫌弃我选的衣服土。林南柯在一旁不乐意了，怼了那女生一句：“你演的是《雷雨》，不是七仙女，还想美上天？不切实际，你见过乞丐穿高跟鞋要饭吗？”

那女生被怼得说不出话。

终于看到林南柯怼别人了，痛快。

孙老师还特意问了我这事，知道我已经准备好了，孙老师出奇地夸了夸我的办事效率。

林南柯表示我总算是办了点人事。

我宁愿不做个人，也不想让他把这种事安排在我身上。

反正，说来说去，林南柯就没盼我好过，我干脆也不心慈手软，既然有了管理道具这个权利，就等着艺术节的时候看好戏吧。

不过我胆量也有限，不敢做什么太过分的事，只能使点小动作。

《雷雨》自然少不了闪电和雷鸣，为了节目效果，孙老师安排我去负责灯光和音效，手中有了实权，我还怕什么。

在闪电的时候，我“啪”的一声推开灯光开关，调整灯光方向，正好落在林南柯那张脸上。

我就不信，我这么努力闪不瞎他。

不过也实在是演员不给力，我还没对这部剧进行大规模的破坏，结尾时，当事人自己就忘词了，盛雅媛扮演侍萍，剧情推到这里，她已经死了，躺在地上，睁开眼睛望着林南柯，估计急得快诈尸了。

救急要紧，我不知道自己哪儿来的胆量，拿起麦克风，悠悠道：“咳咳……那个周朴园、侍萍你们几个众凡人听命，为了一己私欲，做了有违天理的事，就……就该受到相应的惩罚。”

场上一片哗然，林南柯往后探头看我，咬着牙，像是下了什么决心，还没等我反应过来，他突然跪下，仰天长啸：“救苦救难的观世音菩萨啊，请原谅我们这群罪人，指条明路吧——”

我愣了愣。

这戏接得也太快了吧？

盛雅媛爬起来，看着台下，有人号了一句“诈尸了”，周围人又跟着起哄。

我清了清嗓子，装腔作势地说：“因果轮回，既然你们诚心悔改，那我就指条明路，你们历经九九八十一难，去西天取经，等到修成正果之时，也就是你们得以救赎之时，好自为之吧。”

说完，我关掉话筒，刚刚还攥着的东西仿佛成了一个烫手山芋，心脏跳个不停，人生第一次如此惨烈地帮助别人，没什么经验，就到此为止，应该能蒙混过关。

我听台上演员们齐声喊：“我们知错了！”

然后谢幕，下场。

趁着这个机会，我还给他们加了点雷声。

这件事做得如此轰轰烈烈，孙老师肯定会找背后的始作俑者，我知道自己跑不掉，事先写好了检讨，自己去办公室负荆请罪。

林南柯也在那里，见我进来，一直冲我眨眼。

我心说这孩子眼睛不会真的被我闪出什么毛病来了吧，担心之余，还踮起脚凑近瞅了瞅。

孙老师咳嗽两声，我赶紧把检讨呈上去。

林南柯也开始咳嗽，我没理他这突然的迷惑行为，自顾自地低头认错：“孙老师，对不起，这次的事情是我不对，我也是因为林南柯忘词了才想出来的办法，本意是想要为我们班的节目挽回面子，也是为了班级荣誉考虑。千错万错都是林南柯的错，你要罚就罚他吧，我过来就是意思意思，这事跟我没关系，您要是罚我的话，就只能说明您黑白不分。”

孙老师接检讨的手微微一滞。

“你认真的吗？”

我疯狂摇头：“认真的。”

林南柯站在一旁很安静，我觉得两人肩并肩僵在办公室里也不好，便腾出空给他打了个招呼。

“咦？你怎么在这儿？”

“你才看见我？”

“我只是找句合适的话打个招呼而已。”

“那你怎么……”

“好了好了！”孙老师敲了敲桌子，让我们安静点，然后转过头来问我，“你知道林南柯来干吗来了吗？”

我摇头。

“他来承认错误了！”孙老师尽量说得很大声。

什么？

我没听错吧？

那一瞬间，我羞愧难当，看着林南柯，赶紧把头往下低，脸上火辣辣的。

他主动把错误往自己身上揽，而我却往他身上推，这样看来，怎么理亏的都是我，是我太小人了。

对不起对不起，一会儿一定好好和他道歉。

我心中正暗骂自己，孙老师又说：“你说错误是他的，他说错误在你身上，我看你们两个都有错！”

“对对对……”

等等……

他说我的错？

果然，我就知道他没那么好心。

黄鼠狼哪能给鸡拜年啊。

从办公室出来，林南柯含着笑，那种眼神让我觉得自己就是个不折不扣的傻子。

他说：“要不咱俩再聊聊？”

聊？我怕控制不住自己的手一巴掌拍过去。

好事轮不到我，数起坏事来一箩筐。赵思念后来回忆过，她说：“其实那次艺术节也没有什么好看的节目，现在想起来，记忆最深刻的，全是你导演的那场《雷雨》版《西游记》。”

意外的是，因为节目表演，整个高一6班名声大噪，除了学校校友都认识我们之外，更可怕的在于，这几个人谁都不敢再违反校纪校规，包括迟到。

因为辨识度太高，跑都跑不掉。

赵思念因为这事不止一次地指责我，影响了她的贪睡计划。

我的锅？不都是林南柯的错吗？

不知道从什么时候开始，赵思念这种大大咧咧的人居然准备了一个本子，每天在上面认真地写着什么，我问她写的什么，她说那叫少女的心事，我不懂。

我为什么不懂？难道我不是少女吗？

“那就悄悄给你看一眼？”

我疯狂点头。

本子上面摘抄了很多的句子，有的来源于课本，有的我连听都没听过，什么夏天的风秋天的雨喜欢的你啦，带着股酸劲。

她冲我乐：“怎么样？挺文艺的吧？”

我说你有那时间，不如抄一下牛顿定律，还能加深一下记忆。

赵思念差点没拿起课本来削我，她把本子当宝贝一样收起来，说我没有浪漫细胞。

我指着自己，仿佛听到了世间最好笑的笑话。

“你说我不懂浪漫？”

“不然呢？”

“那你也不看看你写的都是什么？什么‘我才不会逐月，我要月亮奔我而来’，奔你而来的，那不叫月亮，叫陨石，砸得你六亲不认，来取你狗命的。”

赵思念什么都没说，坐在对面看了我好久，看得我直发毛。她缓缓道：“年加加，我知道为什么林南柯总是不肯放过你了……”

为什么？我也考虑过这个问题，最后就总结出一句话：总有刁民想害朕。

这时英语老师进门，眼镜片一反光差点没闪瞎我的眼睛，想起艺术节的所作所为，我感慨可真是一报还一报，出来混，还是老实点好。

〔Cut 3〕

赵思念这人非常八卦，总是问我和林南柯之间又有什么事情发生了。

她一开口问，总是让我不自觉想起和林南柯平时的相处，莫名有种感觉，好像一举一动都值得铭记。

面对赵思念的提问，我后来干脆直接反问回去："你到底想听什么，我讲给你听。"

她撇撇嘴，说我这人没情趣。

后来回头想想，最早用"没情趣和不懂浪漫"来形容我的，居然是我的高中好友。

我当然不承认我没情趣，也不承认我不懂浪漫。

人们往往喜欢把表达爱的方式分很多种，可是真正在心里接受的，只有所谓的"浪漫"和"情趣"，其实不懂浪漫也是情趣，一种藏在心底的很特别的浪漫。

艺术节时，我因为负责准备道具，多多少少和郑繁星有了些接触。他们班表演也需要雷声和闪电，秉承着助人为乐精神，我表示，不就是个音效吗，我帮他搞定。

后来《雷雨》在众目睽睽之下变成了神话大戏，估计郑繁星怕我把诗朗诵改成音乐剧，就没敢再用我。

学校那阵新开了食堂，中午时间短暂，很多家远的同学怕麻烦，便在食堂解决伙食问题。

而我图个新鲜，拉着赵思念也在学校里吃午饭。

赵思念要了一份土豆片，坐在我对面叫苦不迭。

“有家不能回真可怜，我是一个有家不能回的小孩，我太难了，我觉得自己上辈子就是这个土豆片……”

“给我闭嘴！”

出于对我气势的尊重，她把自己的音量调低了，嘀嘀咕咕地说我狼心狗肺，好心陪我在这里吃饭，我居然还凶她。

我说你最好是闭嘴，她仍旧不依不饶，口吐芬芳。

最后，我只能告诉她郑繁星在后面。

郑繁星确实在她身后，我抬起手打了个招呼，继续埋头吃饭。她表情凝固，低声问什么时候过来的，为什么不告诉她。

“我倒是也想说，你扬言说上辈子是个土豆，我怕你一冲动，再跳下锅里把自己炒了。”

是的，我在胡说八道。

她“噘”了一声，端着餐盘去了郑繁星桌上。

我头顶飘过问号。

林南柯见她过去，突然叫我：“你自己在那儿多孤单，快点过来。”

我“被迫”端着餐盘坐到他旁边。

“哎，对了，郑繁星，你们班那个体育生学什么的？”赵思念吃着吃着突然插入一句。

我心里有种不祥的预感，能让赵思念开口问的男生，除了是她的仇人，就是和我有关，这可真不是我太拿自己当回事，只是历史事件惨兮兮地摆在眼前，让我不得不防。

之前赵思念为了隔壁班一个男孩子上蹿下跳，主动说话，主动打水，一下课就往人家那边冲，总之热情似冬天里的一把火。

还没来得及燃烧完自己，照亮别人，就被对方一盆冷水浇灭，男生满面娇羞地告诉她自己没有那个意思。

我当时看得很迷茫，对她痛心疾首，难道这么快就忘记了大明湖畔的郑繁星了吗？

赵思念见我指责她，泣不成声，装模作样地说我："你个没良心的，我这还不都是为了你。"

"为了我？"

她疯狂点头，并表示上周课间操跑步我被人鞋踩掉的时候，是这个男孩子，不畏艰难险阻，不畏臭气熏天，把我的鞋从一众人中踢了出来，于是她认定，他肯定对我有想法。

我："……"

诸如此类，数不胜数。

那个体育生是学田径的，得到了郑繁星的回答后，赵思念兴奋得手舞足蹈，说什么学田径的最好了，身体素质强，四肢协调，又健康又帅，简直是人间极品，上次不小心撞了我一下，是不是对我有什么想法。

我还没来得及打出头顶的问号，林南柯先提前拆了台，冷冷插了一句"我也是学体育的"，赵思念居然就跟被施了咒一样，一言不发。

刚刚还胜似几千只鸭子呢？

怎么瞬间就成哑巴了？

我也不好接话，场面一度尴尬，林南柯也意识到了，他夹了一筷子土豆丝放在嘴里，突然就跟发现了新大陆一样，让我们赶紧尝尝这个鱼香肉丝，简直是太好吃了。

有了台阶下，我赶紧一筷子戳下去，刚入口，赵思念又说：“哇，你们两个吃一盘菜，间接接吻啊。”

这话听起来挺恶心人的，我硌硬极了，半口土豆丝含在嘴里，吐出来也不好，咽下去也不是，硬生生卡在那儿，有种想拿馒头堵住她嘴的冲动。

我试图在林南柯的目光中找到和我想法一致的东西，结果在他眼睛里摸索了半天，却捕捉到一丝笑意。

我当时哪知道他开心的是什么，还多嘴问了一句，赵思念突然咳嗽了起来，搞得我不知所措。

一直到吃完那顿饭，我还没有从疑问中走出来，满脑子都是林南柯诡异的笑容，笑着笑着就突然低下头，阴暗地向我走过来，然后掐住我的脖子，恶狠狠地说：“让你吃鱼香肉丝！让你吃鱼香肉丝！”

回教室的路上想得太投入，以至于赵思念说话的时候我一个字都没听到，最后她很大声叫着我的名字，这才如梦惊醒，抽离出来。

她十分疑惑：“你这是怎么了，从刚刚吃饭开始就心不在焉的。”

我还不算笨，却还是对林南柯的行为百思不得其解，这让我想起之前在书上看到过一句话：“人的眼睛有 5.76 亿像素，却始终看不懂人心。”

我把这句话附赠给了赵思念。

我唉声叹气，赵思念却对我的表现持以不屑，回我一句：“你脑袋里有 100 亿个脑细胞，却尽想些没营养的问题。”

说得挺对，很有道理，值得深思，却还是挡不住我要杀了她的冲动。如果不是她，哪会有那么多事？

我从小学时候就觉得，上学这事儿本来挺有意思的，结果被学校整得特别没劲，尤其是在面对各种考试的时候，这种感觉尤为明显。

我妈说我这是吊车尾的成绩带来的负面影响，我如果是年级第一，我肯定天天乐得合不拢嘴去上学。这话我信，但我的智商让我注定无法拥有这种快乐。

在我装肚子疼逃避考试失败后，我妈揪着我的耳朵把我送出了家门，夏叔叔不仗义，在一旁看得嘿嘿笑，也不上来帮我一把。

临阵脱逃这个做法本来就没智商，再加上假装肚子疼，我出了门之后意识到自己脑袋被门夹了才会想出这种借口。

期中考试后是月考，月考完了就是期末考试，没想到过得这样快。

月考比期中考试要轻松，这次并没有让我和林南柯坐在一起，然而出了门却总是能够碰到他。眼前有一个一米九的人晃来晃去，时间久了，谁的头都有点大，本来考试这事就挺让人心烦，林南柯还阴魂不散。

他站在走廊窗前，低头看地面，白净的少年在来来往往的人群中显得心事重重，如果不是和他八字不合，我会觉得他很帅，满满忧郁气质，我见犹怜。

但我心中的成见，就好像一座大山，压在心里，把他所有的优点都压得死死的。

巧的是，他一回头也瞅见了我，正欲上前，估计想贬损我几句，却被盛雅媛拦住了，听着应该是问上一场考的英语题，我心想这来得巧不如来得妙，躲过了一场唇枪舌剑，不由得沾沾自喜。

这事我跟赵思念说了，赵思念却莫名其妙说我傻。

我十分不理解，觉得她是考试考疯了，脑子秀逗了，躲过一劫它不美好吗？

每次考试结束，都好像是度过人生大难关一样，心情完全放松下来，开始计划着今天放学去哪儿玩，图书馆借的小说是不是该还了，明天周六，睡一上午行不行。

结果大家还没来得及放飞自我，就被老孙一盆冷水浇下来——

“那个同学们，月考结束了就要注意了啊，距离期末考试还有35天。”

按天来算，就显得时间有点紧凑了。

〔Cut 4〕

月考的成绩比期中考试的成绩出来得还要快，孙老师站在前面宣读成绩的时候，我内心近乎崩溃。八成是看我们平时太舒服了，所以制裁来得太快，大家都没有一个心理准备。

这样一看，这群老师平时应该挺闲的，批阅卷子的速度比我们考试的速度要快得多。

赵思念对此不以为然，毕竟她早已经把学习这件事置之度外，成绩出不出来，是高了还是低了，并没有什么影响。

不过她却安慰我。

“加加，是骡子是马，总得牵出来遛遛。”

“我就不能做个人吗？”

“这成绩你认了吧，”她叹口气，拍拍我的肩膀，“也许这就是加加的命吧。”

不！加加的命就是不认命！

这话刚在心里念了一遍，孙老师就念到我的名字，不仅如此，还把我重点拎出来批评了一顿。

“年加加同学的成绩，自打进班以来，一直稳居倒数第二，金刚不动，你看看，倒数第一都更新换代了，你是什么王朝啊这么牢固。”

全班哄笑。

我低下头，暗自神伤，这命还是认了吧。

有进步的，当然就有退步的，还有我这种原地踏步的。

林南柯属于进步的行列，还是进步比较大的，在讲台上为大家整理自己的学习方法。他说其实也没什么，就是胜利者胜利的时候，会有一种优越感，看着失败者落魄的样子，十分舒服。

全班同学都知道他说的是我，我与林南柯不和，这事尽人皆知，还用解释吗？

我在台下恨得牙根痒痒，偏偏林南柯还对我发出眼神挑衅，我怎么受得了这气，到了退步生自我反省的时候，我主动站起来。

“老师，我来。”

孙老师疑惑地望着我。

“老师，我对我的成绩感到羞愧，为了加深这次教训，我决定上台反省一下。”

孙老师估计也没看懂我唱的哪出，点点头让我上去了。

我清清嗓子，对着台下的林南柯莞尔一笑，不以为耻，反以为荣地开口：“我是咱们班的倒数第二，一直以来稳居高位，无论晴天还是阴天，无论人为破坏还是不可抗力，我都毫不动摇。”

台下哈哈大笑，有人说了句“整挺狠”，我表示小意思。

“刚刚林南柯同学也说了，学习不断努力是为了享受胜利者的快感，那我就给大家讲讲失败者的痛苦吧。”

孙老师不吱声，站在教室最后面默默地看着我。

为了刺激林南柯，我也豁出去了。

“作为一个失败者，我觉得我很有存在的必要，胜利者之所以享受到成功的喜悦，那还不是因为有我们失败者垫底，不然乐得牙都掉下来了，也没人看不是？当然，也不是谁都能做失败者的，失败者需要有强大的内心和不要脸的精神，这一点，有些人就做不到。还恰恰用他的小人之心来度君子之腹，你们说气人不？我……”

“行了行了。”孙老师突然打断，“时间差不多了，把机会留给后面的失败者。”他催促。

我不敢过分造次，毕竟孙老师手中握有实权，肯让我把话说出来，已经是很大的让步了，该结束时就结束，点到为止。

但气势不能输，为了衬托出强势的形象，我下台前高傲且冷漠地瞟了林南柯一眼，然后试着勾起嘴角冷笑，才不紧不慢地坐回到座位上。

我问赵思念刚刚的表现怎么样，赵思念摇头叹息，表示一言难尽。

赵思念说：“你那个白眼翻得，知道的是你对他不满，不知道还以为你要气抽过去。还有你下台时走的那几步，像一个吃饱了扑腾翅膀的鸭子，嘎嘎嘎。”

我现在是真的要气抽过去了。

本想一鸣惊人，却没想到损兵折将，成了东施效颦，太难看了。林南柯再看向我的时候，我再也不敢直面对视了。

我没有强大的心理素质，当着班里那么多人的面表演唐老鸭，说重点我想自杀，说轻点我想去世。

我妈在得知我考试又惨遭滑铁卢时，却没有过多的反应，她拍了拍我的肩膀，反倒是让我想开点，人家失败或许是因为贪玩，而我是真笨。

亲妈都这样说了，我对自己更失去了信心。

月考完了就是期末考试，期末考试结束就是春节，我妈早已经不在乎她在人前的这点面子了，而我在乎。

我妈当初和我亲爸离婚，本来就在娘家受了白眼，不知道为什么，一个家族流淌着相同血液的人，有时候却成了最想逃避的人。

因为我妈的事，我从小对他们印象就不好，而且我这个人本事不大，记仇劲却不小。

我说：“妈，我是不是让你失望了？”

她笑笑，什么都没说。

她什么都没说比说了什么更可怕，我心里不舒服，翻来覆去睡不着，发了一条动态。

“其实我也想站在制高点。”

结果，第二天林南柯托赵思念给了我一本笔记。

他给我笔记并不令人意外，让我挺吃惊的是，这本笔记是林南柯亲手抄的。

他的字其实很好辨认，写得很大，工工整整，一笔一画都十分用力，语文老师曾经不止一次夸过他。

太有辨识度了，想骗骗自己是别人给的都不行。我这人沉不住气，等到了下课，我跑过去找他，把笔记拿出来，问这是什么意思。

林南柯正在做物理试卷，手里转着笔，看起来吊儿郎当的，语气也吊儿郎当：“就是你看到的意思啊。”

我怀疑自己耳朵不好使，又问了一遍：“你确定吗？你在帮我？”

他不以为然，仿佛做的是举手之劳的事。

“我是不想我的对手太弱，这样挑战起来一点成就感都没有。”

算他狠，事出反常必有妖，就知道有目的。我也听明白了，冲他用力点头，把话先留下：“你等着！我不会输！”

回到座位上，我怎么待着都不舒服，心中一股无名之火，烧得心浮气躁，后来干脆去厕所冷静了，最后是踏着上课铃声进门的。

孙老师这节课也不知道怎么了，一进门就把教材扔在讲桌上，留下一句“你们自己做做练习题”，扬声器话筒也没摘，就头也不回地走了。

我翻开那本数学笔记，看了几页，从心里由衷地对林南柯产生敬佩，难得他把这些东西整理得如此仔细，我不知道自己接受他的恩惠是对还是不对，反正捧着这个本子，心里踏实了很多。

对我而言，学习这条路漫长又昏暗，连努力都看不到结果，但这时候，如果有人愿意伸手拉我一把，就仿佛突然有了一道光。

我怕林南柯成为那道光，但更怕的，是永远找不到那束光。

不过我有心学习，现在条件也不允许。因为孙老师戴着扩音器出去，给全班同学带来极大的困扰。

可能是真的有急事，孙老师忘记关麦，他出去的一路上，打了三个招呼，一个是语文老师，一个是隔壁班主任，最后那个是教导处主任，让对方把本周的教师考勤统计一下。

结果这还不算什么，没过一会儿，教室里又响起哗啦啦的水声。男生们突然一脸坏笑，窃窃私语起来，我坐在那里听得云里雾里，问赵思念怎么了，她表示也不知道。

还没等大家从上一个疑点中走出来，音响里又传来孙老师的声音，听起来像是在打电话。

“哎，老婆啊，你别生气了，那个钱不是我动的……不让我回去了？那可不行，有什么话咱好好说不行吗……不行……老婆，我错了，我真的知道错了……”

我望向周围同学，在这一瞬间仿佛大家都有了同样的默契，互望几眼后哄堂大笑。

后面有同学喊“撒尿呢”，我这才明白过来刚刚的水声是从何而来。他在那边一边上厕所一边卑微认错，我们在教室里听得醉生梦死。

整个班的纪律都维持不住了，林南柯强忍笑意，使劲拍着桌子：“安静点！安静点！”

约莫过了两分钟，同学们正准备消停，又听见林南柯悠悠道：“大家笑得小点声，不然就听不清了。”

第五章/嫩芽破土

XIHUANWO,
NIPALEMA

〔Cut 1〕

中华自古尊师重道。

老孙再怎么样也是我们的老师，平时当然没少招人烦，可好事儿也做了不少，即使是他失误在先，这样做也有点不妥。

林南柯似乎也察觉到了，在我回头与他对视的时候，他起身离开了教室。

人前脚刚走，后脚大家就窃窃私语起来，一说他就是出去找孙老师的，看热闹的人就不乐意了，埋怨着林南柯多管闲事，冷嘲热讽。

我心里一股无名火顿时烧起来，回怼了一句“关你屁事”，赵思念连连冲我竖大拇指。

毕竟我怼的是学校都知道的“霸王龙”。

霸王龙原名李敬泽，出了名的混混，谁都不敢惹，班内同学见了他都要绕道走，说难听点就跟臭水沟一样，谁都巴不得躲远点。

而我用四个字顶了霸王龙后，他当然不会就此轻易罢休，下了课，就有人到我面前来敲桌子，让我出去一趟。

我看着赵思念，心里发怵，向她发出求救信号。

旁边那人还催我：“快点啊，李敬泽等你呢。”说着还想把我从座位上拉起来，我大无畏的精神突然掀起来，一把推开他。

“不用你，我自己会走。”

霸王龙果然是来找我算账的，他就站在走廊里等我，够明目张胆、目无王法的，我刚过去，他就让我平时老实点，没事多看看书，别总是想着给自己找麻烦。

那哪是我找麻烦啊，那不是他给我找的麻烦吗？

我站在原地，心里怕得要死。

他当然不会在大庭广众之下对我做什么，面对作恶多端的人，越是害怕，就越是要站起来，哪怕心里㞞得很，也要挺胸抬头，装也得装出大无畏的气势。

所以，当他说完，我扭过头，不屑地“哼”了一声。

对，是冷哼。

但可能是我的个头和长相让人产生了什么误解，霸王龙皱眉，说话结结巴巴：“你……你……怎么还撒娇呢？”

我？撒娇？

他说：“你不要把我的话当儿戏，你也知道我的脾气，要想还在学校混下去，就得听我的。”

听他的？我嘴比脑子快了一步，脱口一句：“凭什么？你头大吗？”

我死不悔改，也不认㞞，他作势要打我，我还把脸凑过去，却被突然出现的林南柯一掌推了回来。

来得早不如来得巧，我暗暗庆幸，果然脸小有脸小的好处。

林南柯挡在我前面，仿佛正义的化身。对面几个人看见是他，纷纷往后退了几步，这让我一个旁观者看得有点疑惑，怎么着？这就是传说中的武林绝学——气功？跺跺脚能把人震飞的那种？

心中的疑虑还没打消，就看见霸王龙低下头，刚刚嚣张的气焰一下浇灭，小声道：“表哥，我错了，你别跟我妈说。”

表哥？啊哈？

这激发了我的好奇心，反正身边有人保护着，我不嫌事大地站出来，指着霸王龙的鼻子骂：“怕了就说怕了，你少乱认亲戚！”

他气得直跳脚，嚷嚷着：“表哥你看看她！气不气人！气不气人！”

这人一着急脸红脖子粗的，恐怕是被林南柯抓住了什么小辫子，当着他的面儿，说话都变了一个腔调。

我“扑哧”一下笑出声，林南柯突然回过头，眼神满带威胁。

“年加加，人家好歹也是一个校霸，你能不能表现得害怕点尊重一下人家？”

我：“……”

后来我才知道，原来林南柯和霸王龙两家是亲戚，他真的是霸王龙的表哥。

放学回去的路上，我按捺不住好奇心，问他是怎么把凶神恶煞的表弟摁在脚下的。

他指了指自己的头：“用脑子啊。”

我不屑：“嘁，得了吧，你哪有脑子。”

林南柯眉毛一挑，满脸的不怀好意，突然用手扣住我的头，逼迫我原地转了几圈。

他嘲笑我：“你还真像个陀螺。”

我伸手就去打他，凭我的身高，费了好大劲才碰到他的胸膛，算了，打肯定是打不过了，我只能逞一时的口舌之快。

“你小时候肯定比你表弟还坏，要不然他不会那么怕你。”

“你错了，他怕的不是我，是我舅舅。”

我恍然大悟，指着他鼻子对他的不耻行径进行批判：“哦，我知道了，肯定是你打小报告。原来做纪检委这事，是从小就培养起来的呢。”

他揪着我的头发，不轻不重，拉我往前走。

“年加加，你少说点话能死吗？”

回想起我的高中时光，我的时间安排，都是按照考试阶段来算的。

年少不知愁滋味，期末考试前，我还在肆无忌惮地玩耍。

那段时间特别流行追星，我这人没有耐心，对和林南柯那点事感到了一丝厌烦，所以我转身喜欢张杰去了。

班里喜欢张杰的人还不少，一到下课，一群女生聚集在学校书店的门口，互相交换着手里的卡片和贴纸。

我从没想过我和林南柯之间会有什么友谊，在我有限的青春记忆里，我与他每天都在进行地下斗争，好像他成了我高中时光过不去的一个门槛，有我之处，必有他拆台，有他之处，必有我捣乱。

赵思念总是说我嘴硬，我一定对林南柯有别的感情，我想破了头也没get到她所指的是什么，所以继续拿着张杰的海报做春秋大梦去了。

赵思念课间操从外头回来，坐在我旁边，满脸憧憬。

我看着她脸上的娇羞，不用想都知道又是关于郑繁星的。

没出十秒钟，她果然拍着我肩膀，情绪激动："年加加，刚刚他又看了我一眼。"

我没理她，她又拍我一下，双目含春，仰起头，扬起嘴角："我觉得他看我一眼，我今天晚上饭不用吃就饱了。"

"那就让他每天都看着你，起码省饭。"

她收回了那副花痴少女的模样，瞪我一眼，说我是吃不到葡萄说葡萄酸，林南柯最近都不搭理我了，我就背地里偷着哭去吧。

我还巴不得林南柯把我忘到脑后，捧着他最近给我的数学笔记，我为自己未来的命运感到了一丝不安。

如果让林南柯知道了我没有好好学习，他会不会生吞活剥了我？母牛费劲产奶，小牛却转头啃草去了。

一想到这里，我后背发凉。

跳高队的期末测评也快开始了，为了不耽误大家好好复习，所有的测评都需要提前完成。估计这段时间可忙坏了特长老师和我们这群特长生，一个个起早贪黑，冬练三九，可怜我们这群靠分数吃饭的，每天训练都累成哈巴狗。

休息时间，那位一米八五的大哥看着我助跑，他咕噜咕噜喝好几口水，让我过去唠会嗑。

我恶狠狠地看向前面的杆，语气坚定："不行！跳不过去我今天就累死在这儿！"

我把那根杆想象成成林南柯的脸，正要起步，他突然举了举手里的橙汁。

"过来坐会儿吗？"

助跑到一半，我及时刹车。

我本来就不是坚持不懈的人，更何况白得的好处，不捞就是傻，而且是他主动叫我过去的，老师问起来我就说，是他让我过来偷懒的。

嘿嘿，唯女子与小人难养也。

他突然问我："听说你和你们班纪律委员过不去？"

我拧开瓶盖，刚把橙汁灌进肚子里，又被这话惊得差点把瓶子给扔了，咽进嘴里那口也变得不是滋味起来。

"你听谁说的？"

"外面传的八卦。"

"想不到你一个男生也挺喜欢听八卦。还有什么关于我的八卦？要不你都说来听听？当事人现场为你验证真假。"

他凑过来，似乎特别兴奋："真的？"

"什么时候骗过你？"我把他的脑袋从我面前推开。

〔Cut 2〕

不问不知道，一问吓一跳。

通过这次的谈话，我也算是知道我在学校是个什么样的人了，用一个词语来形容大概就是奇葩。

我实在想不通，要说奇葩，我能比得过林南柯？

“一米八五”坐在地上，斜着眼睛看我，神秘兮兮地说：“年加加，我还有最后一个问题。”

我说：“你问，你问完了我也有问题。”

他眼中似乎有了期待，我看人不准，所以也摸不清到底是不是。

这时老师过来了，端着他那亘古不变的不锈钢水杯，一来就坐到了办公桌前，看着我俩坐在地上，说我们也不怕坐得屁股疼，祖国的未来不能偷懒，要多活动活动。

我心想，要是按照他这话说的，祖国的未来还没来得及休息就被累死了，大好河山谁来建设？这怕不是教育的失职。

“一米八五”拍拍屁股，起身的时候往这边凑了凑，正好趴我耳旁说了句“资本主义无情欺压”，我也站起来，和他一起去调杆，顺便问问还想听什么。

他瞅了瞅戴着眼镜看手机的老师，笑了一下，低声道：“我就是想问问，林南柯喜欢你这事，到底是真的假的？”

这这这……这太令人震惊。

我差点出口成“脏”，幸好及时想到老师还在，舌头拐了个弯，变成了“呃”。

林南柯喜欢我，那是哪年哪月的事了？热度早就过去了，我还为那次恶作剧付出了代价，现在还提起来干吗。

一说起来，我脑仁都疼。

“一米八五”表示，要是不想回答就算了，谁还没有个不可告人的秘密了。

我听了摇摇头。

“不是不可告人，我就是很纳闷，到现在了，这个问题还叫事儿？”

“你也太低估广大人民群众对八卦事件持之以恒的热情心了。”

我无语地翻了个白眼，喃喃道：“要命了，我喜欢他还不行吗？没完没了。”

“一米八五”愣了一下，转过头又来问我：“对了，你想问什么啊？”

“哦！”我恍然大悟，“我想问一下，你叫啥来着？”

“一米八五”：“……”

我原本是个不喜欢上学的人，可是自从每天与林南柯斗智斗勇后，竟然觉得无聊的考试题也有了点意思。

尤其是抱着那本笔记时，一想到林南柯大晚上不睡觉为了死对头奋笔疾书的样子，心里就填满了快乐。

果然，没有辜负他一整个学期对我的照顾，期末考试我终于从倒数第二挤到了倒数第十，荣获进步奖。

除此之外，班主任还特意表扬了我，说我纪律性比之前好了很多，从一开始的活蹦乱跳，到现在的安静如鸡。

孙老师连形容词都找得如此符合他数学老师的人设。

期末考试结束之后，也就到了快过年的时候，在所有人都满怀着过节的激动心情下，我们班成功召开了我高中时光的第一次家长会。

我从小对家长会这事没什么感觉，毕竟考又考不好，其他表扬也没我什么事，老师最多就会不痛不痒地说一句：“年加加同学平时乐于助人，平时总体表现也不错，是个很棒的孩子。”

可能也就只有乐于助人这点能让老师夸出口了。

所以每年的家长会，我不反感，也不抱有什么期待，估计我妈也是这样，所以开完家长会不会对我做出任何评价。

我妈是一个护士，所以一年四季都没有准确的休息时间。因为工作的原因，她的生物钟都和大家不太相同，冬天寒冷，疾病多发，再加上快过节了，我妈在医院也忙了起来。

家长会这事儿就落在夏叔叔的头上，夏叔叔一听说要给我开家长会，稍微愣了愣。

为了家庭和谐，我看他犹豫，便赶紧解围：“没关系的，老师说家长实在忙的话，打个电话就行了。”

“不不不。”他的脸上浮现了一种我看不懂的神情，“我记得上一次给孩子开家长会，已经是快十年前的事了……”

说着说着，他竟然有些哽咽，缓缓地低下头。我妈走过来，坐到他身旁，用手轻轻拍着他后背。

大人的事也看不太懂，我递给夏叔叔几张纸巾，默默无语，自己回了房间。

林南柯后来开玩笑问过我家谁来，我并没有回答他这个问题。

我说：“那你家呢？”

“还能有谁，我爸呗。”

家长会如期而至，我在门口等夏叔叔的到来，先等来了林南柯他爸，礼貌性地打了个招呼。

林南柯随了他爸，高个子，皮肤白，丹凤眼，我叫叔叔好，他还夸了一句："这小姑娘怪可爱的。"

从此我对他爸好感加倍。

很快夏叔叔也来了，林南柯就跟刚刚我占了他什么便宜，现在非要讨回来似的，屁颠屁颠跑过来，问了声叔叔好。

夏叔叔应下，一时间不知道该怎么介绍自己，有点尴尬。

我急忙道："哦……这个……这个是我爸，这是林南柯，我班纪律委员。"

夏叔叔看我一眼，目光中似乎有什么不一样的东西飘过，两人打了招呼，夏叔叔直夸他："哟呵，这小伙子长得真高。"

家长会收场，我拿了两张奖状，一张进步奖，一张纪律优秀奖。散会的时候，林南柯兴冲冲地跑过来邀功，并不在意我向他发出的"快滚"信号。

"年加加，你打算怎么谢我啊？"

面对夏叔叔愕然的眼神，我赶紧解释："那个……是这样的，我这次进步，和林同学的帮助有很大的关系，他跟我闹着玩，让我答谢他。"

我刚说完，林南柯便装模作样地点头附和，夏叔叔一脸"我懂我懂我什么都懂"的模样，我恨不得钻进地缝。

"既然你帮了加加，那改天，我和你阿姨商量一下，请你吃个饭哈。"夏叔叔客气道。

有人撑腰，我得意地扬了扬下巴。

林南柯似乎有点欣喜，紧接着说："叔叔，择日不如撞日，不如就今天吧。"

惊得我下巴差点没来得及收回来。

世上竟还有如此厚颜无耻之人。

话都说了，夏叔叔没台阶下，再加上林南柯铁了心要来我家吃饭，最后没办法，商量着一起出去吃。

我妈在电话里不同意：“出去吃干什么？正好我买了排骨和鸡翅，那孩子帮了我们加加，还是她同学，就一块来家里吃，出去吃不干净。”

林南柯再次露出一副得意的模样。我敢怒不敢言，心里的小人把他剁碎了好几遍。

我妈这人挺热情，安排了一桌子饭菜，吃饭的时候更加热情地调查起了林南柯家的户口。

比如家里几口人、住在哪儿、爸爸妈妈做什么工作之类的，他每回答一个问题，我身上就掉一个油点，一顿饭吃下来，满身油污。

夏叔叔夸我的时候，顺带把林南柯一顿夸，什么多亏了林南柯的帮助，这孩子看起来真不错之类的。

对此，林南柯厚脸皮，一个劲地点头“对对对”“是是是”“好好好”。

后来我实在是听不下去了，问林南柯吃饱了没有。

他回答得坦然：“吃饱了。”

“我先换件衣服，带你出去转转。”

我妈在后面嘱咐我：“别只顾着往外跑，把窗户打开通通风，最近感冒的多。”

我不满："妈，外面有雾霾。"

"那就放点新鲜的雾霾进来，比憋着强。"

冬天注重保暖，屋子里的窗户很久都没打开过了，窗前不知道什么时候放了一堆小玩具，我使劲推窗户，但每次那窗子都是象征性地晃了几下，然后继续纹丝不动地坚守在那里。

我耐心有限，最后直接使出吃奶的力气来，结果"哗啦"一声，窗户开了，摆在窗前的东西也掉了一地。

我妈喊："怎么回事？"

我还没来得及说话，就听见林南柯的声音。

"阿姨，我去看看。"

〔Cut 3〕

我妈这人不仗义，林南柯说要进来看看，她连拦都没拦一下就放人进来。

这要是放在古代，我好歹也是待字闺中的黄花大闺女，要真按照我妈这脾气，闺房可说不准就跟菜市场一样让人随便进进出出，我合计如果那样的话就收个门票，还能赚几个"赏房钱"。

林南柯到我屋里左瞧瞧右看看，摆弄着我桌子上小物件，脸上还时不时出现类似戏谑的表情，真真切切地演绎了一出什么叫作得了便宜还卖乖，不要脸。

他进我房间，我心里倒不反感，反而还有一种异样浮上心头，好像什么东西正在悄悄化开。那种感觉很奇妙，我想把屋子里所有的事物都同他讲一遍，包括地板砖上出现几道裂纹，我又怕说多了招他烦，到了嘴边，竟然只会沉默。

不争气啊年加加。

他看着我墙上贴的海报，笑道：“你喜欢张杰啊？”

我喜欢张杰也不是一两天的事儿了，说是班内尽人皆知都不过分，林南柯怎么就跟活在世外桃源似的。

我心中不满，不过现在没有和他吵架的心情，勉强从鼻子里微微发出一个音节，算是“嗯”了一声。

“哟，”他从我床头拿起一个破旧的布娃娃，“多大了，还抱着布娃娃睡觉呢？”

算起来，那个布娃娃十几岁了，是有点老，娃娃的裙边被洗得有点褪色，很多地方有丝线抽了出来，宣告着它的年迈。

我爸妈离婚后，我妈对她惨烈收场的爱情感到愤恨，于是把我亲爹的所有东西都扔了个干干净净，唯独这个娃娃没扔，因为这是我爸为了哄我妈买的，但我妈又哄了我。

也算是传家宝了，我不想到我这儿断了传承。

或者说，我不想就这样让曾经那些美好的回忆都消失，都说睹物思人，而我思的，不是我爸一个人，是已经成为过去式的一家人。

面对林南柯的嘲笑，我一点想骂他的兴致都没有，伸手就要去夺回来，但是身高是硬伤，他把娃娃往头顶一举，挑衅地昂了昂头，好像在说：“你过来啊。”

要搁平时，我可能没办法，但这可是在我家。

我的地盘我做主且不说，在自己地盘上要是输了，那我就不配拥有尊严。

没有身高我可以找个东西接上，我往四周瞅了一圈，最后动作利落地爬上了床，趁他不注意，一把将娃娃夺了回来。

“你……”

“我？”

我头一歪，学着他的样子，昂了昂头，准备用最潇洒的转身让他心服口服，结果万万没想到，在自己的地盘智取的我，还没来得及享受胜利的欣喜，就被一块应该称为“自己人”的床单给暗算了。

脚下的床单好像拧了起来，我的脚实在是转不过那个弯，于是直接向后仰，脑子里突然蹦出一句“不怕神一样的对手，就怕猪一样的队友”，在队友的帮助下，我薅着对手的衣服就把他拉了下来。

有福我享，有难同当。

我躺在床上，还没来得及揉揉自己的脑袋，就被林南柯放大的一张脸吓得不轻。平时高高在上的男孩子近在咫尺，我能听到他的呼吸声，甚至还能切身感觉到他一起一伏的胸膛。

这不是电视剧的情节吗？果然，偶像剧诚不欺我，这个动作还真能意外地做出来，下一步是什么？接吻还是……不不不！

我把慌乱藏起来，轻声叫他：“林南柯……”

“嗯？”

“你能不能先起来，你有点沉。”

林南柯试图起身，却又突然折了回来。

我眼看他的脑袋凑过来，吓得赶紧把头侧过去：“你干什么！我不是那样的人！”

林南柯突然咯咯咯地笑，又说：“你是什么样的人？你拉着我衣服呢，我怎么起来？”

他说完，我赶紧松手。

林南柯抬起胳膊，动作十分干脆利落地躲一边去了，这让我在心里为刚刚自己乱七八糟的想法感到羞耻。

人家根本不是那个意思，我小小年纪，脑袋瓜里都装的什么东西。

房间不大，气氛却陷入了沉默。我实在忍不住，从桌子上拿了两瓶可乐递给他：“要不要喝点？”

他接过去，目光闪躲，满面绯红，好半天憋出一句：“年加加……你占我便宜！”

我：哈？拿错剧本了吧？

考完试获得了一段短暂的快乐时光，学生时代的快乐有很多种，不上学会快乐，碰见喜欢的人会快乐，考试满分会快乐，而在当时的我眼里，以上举例统统与我无关，我所得到的快乐仅仅是不用早起而已。

但是我的快乐还没超过三天，我妈就让夏叔叔给我报名了寒假数学班，从此又过上了朝九晚五的生活不说，还要眼睁睁地看着赵思念他们出去玩，自己却苦哈哈地做函数。

要不是夏叔叔拦着，我妈把英语班也得给我报了，说我虽然是扶不上墙的烂泥，但总得努力扶一把。

我算是知道了，我妈就是我青春期快乐的捕杀者，歪心思才开始蠢蠢欲动，就胎死腹中。

上补习班的第二天，我没想到会碰到林南柯，不过他看见我，好像一点都不惊奇。

他的波澜不惊就显得我不淡定了，我问他怎么在这儿。

他说：“就你能报班我不能报吗？”说着，绕到我身后，强行把课本塞到了我的书包里。

“你干吗啊？”我卸下书包，打算给他扔出来。

林南柯笑嘻嘻道：“我没背书包，一会儿还要去看电影，手里拿着英语课本不太好吧？”

那又关我什么事？我刚想骂出口，脑子转了个弯儿，刚刚他说去做什么？

我多余地问了一句：“和谁看电影？”

他睥睨着我，一副“我很高贵”的样子，突然又神秘兮兮地低下头冲我招招手，我以为可以听到什么八卦，赶紧把耳朵挪过去。

“你——猜——”

无不无聊？我要是能猜到还问什么？

这个人嘴里没有一句正儿八经的话，我不搭理他，爱和谁看电影和谁看电影去，看什么类型的电影都和我没关系。

话是如此，可心里总是莫名一阵发酸，会不会是盛雅媛？还是高二对他有意思的学姐？我脑子有连锁效应，紧接着扯出一连串的问题，林南柯要是早恋了，那会不会影响学习和打篮球？

不行！我要阻止这场事件的发生，挽救这个误入歧途的小男孩！

这时，他用手指戳了戳我的脑袋：“你想什么呢？”

我有点心虚，但还是赶紧摆手：“没想什么没想什么，嘿嘿嘿……”

林南柯突然叹了口气：“你听说过孤独等级吗？”

当然听说过，一个人逛超市，一个人过生日，最高级别是一个人去医院。

他拍拍我的肩膀：“现在我要从第一级直接跳到第三级了，一个人去看电影。”

我疑惑：“你一个人去看什么电影？”

他无奈：“没有人陪我去看呗，好孤独啊。”

“那就不去，打打篮球看看书不行吗，瞎跑什么？”

林南柯眼神奇怪地看着我。

我怀疑自己脸上有东西，还没开口问他，他突然拉起我就往前走，那一双手力气大得甩都甩不开。

“你什么毛病？现在不流行吵架了流行直接动手了吗？”

他突然停下，我重心不稳一头撞在他背上。

“林南柯，你脑子是不是有点什么问题？”

他回头看我，眼神复杂。

“有问题的不是我，是你。”

怎么还倒打一耙呢？我让他松手，他不松，手腕子攥得有点疼，最后我干脆放弃挣扎，反正光天化日之下也不敢对我做什么，我倒是想看看这人还能玩出什么花样。

他走的这条路是往电影院去的，我恍然大悟，心情瞬间一片明媚，忍不住得意忘形开始叨叨：“林南柯，你能不能先放开我，我知道你是要去电影院，一个人孤独我可以理解，所以有什么话好好说，别动手动脚的让人看见了多不好。不就是看个电影吗，我答应你还不行吗，你身为纪律委员做事情能不能不要这么……”

“闭嘴！”

“好的。”

林南柯总算不再拉着我，我跟在他身边，接受了他变着法请我看电影的这个事实。

这人怎么这么别扭？

“早晚有一天，我要弄死他。”

——站在后面看着林南柯买票的我没良心地想。

〔Cut 4〕

我没指望林南柯能选出什么好电影。

结果拿到票的时候，我发现是一部爱情片，还挺让我惊讶的。

对于林南柯，我决定采取嘴里永远吐不出象牙模式，坐在座位上，我嘴里即便塞满了爆米花，也要嘲笑他居然腻腻歪歪的，还看文艺爱情片。

林南柯让我少说话，电影要开始了。

电影挺狗血的，讲述了两位从小关系很好的闺密，先后爱上了同一个男人的故事。

林南柯看得直打哈欠，最后干脆闭上眼睛睡着了。我也觉得挺没劲的，叹了口气，往四周瞧了瞧，又塞了几口爆米花，顺便把他歪过来的头推了推。

大屏幕上还在播放着接下来的剧情，男主跪在女主门前求她原谅。借着昏暗的光亮，我实在是无聊，便打量起总是能靠在自己肩膀上的那颗脑袋。

林南柯的睫毛其实很长，平时都藏在眼皮褶皱下面，睡觉时皱着眉头，紧紧抿着嘴，均匀的呼吸声在耳边一起一伏，他靠得很近，我有点紧张。

我暗暗想，如果不是最开始的那样针锋相对，或许我们可以成为很好的朋友，因为这个人看起来也没有那么讨厌。

这时，他微微动了动。我赶紧把头移回来，但动作幅度过大，牵动了肩膀上的肌肉，他被惊醒，睡眼惺忪地问我："电影还没结束？"

"没呢。"

"你刚刚是不是推我了？"

"对啊。"

林南柯皱起眉头，噘嘴不满道："你推我干什么？"

这怎么还撒上娇了？我愣了愣，随即起了一身的鸡皮疙瘩，赶紧往旁边挪挪。

"我怕你流口水，滴在我衣服上。"

他冲我瞪眼。黑夜中，我也看不清，干脆不理他，就连他暴力地从我手里抓走一大堆爆米花，我也因为刚刚那点心虚的情绪没敢像往常那样跟他呛声。

总算挨到电影结束，出电影院的那一刻，都有种重见曙光的感觉，我深吸一口气，拍着他的胳膊表示感谢。

这时手机响了一声，熟悉的提示音一听就是哪个社交软件的消息，我打开一看，居然是那位"一米八五"。

“一米八五”本名林一凡，我当时一听差点怀疑自己的耳朵，他和林南柯不仅都喜欢怼人，还都姓林。

“你是不是在电影院？回头看我。”林南柯凑过来，身高的优势让他成功窥屏，还把话读了出来。我伸手就要去打他，顺便回头找人，林一凡在不远处冲我打招呼。

他跑过来，笑道：“好巧啊，竟然能在这里碰见你。”

为了礼貌性相对称，他笑我也笑：“是啊，居然在这里碰见你了，期末考试考得怎么样？”

“喂——”林一凡拉长声音，“你要是问这个问题，咱们可就没话说了啊。”

“哈哈哈，我这是先发制人，万一你问我呢。”

被冷落的林南柯在一旁咳了两声来博得自己的关注度，我这才给他俩介绍。

林一凡笑得神秘兮兮，抬头示意：“这是你男朋友？”

我急忙否认。

先不说谈恋爱这事为时过早，就算我有那个心思，也绝对不可能和林南柯扯上半点关系，除非我脑子被门夹了。

林一凡请我们喝饮料，走在路上，我却觉得这两人气场上好像有某种不合，我跟着他俩走在路上气氛压迫得要命，尤其是我发现这两人一左一右像两座大山一样把我夹在中间时，内心的压迫感更强了。

我说要不你俩挨着走。林南柯二话没说，直接把我拉进了最内侧，我脑袋一蒙一蒙的，心想这人发什么神经，林一凡又抱着手机过来让我帮他挑双鞋。

这样一来，我又成了夹心饼干模式。我一个小矮子，从来没有像现在这样渴望长高点，我不能接受他们俩这样间接的羞辱。

男孩子的鞋帽服饰我并不是很懂，可人家既然都来问了，也不好推辞，反正也不一定选中了就买。

林南柯突然冷冷道：“年加加有选择困难症，你让她帮你挑？”

林一凡笑：“没关系，起码有个人给我建议，比我选来选去拿不定主意好。”

林南柯：“她审美也挺有问题的。”

林一凡：“不啊，刚刚她选中那双我也挺喜欢的。”

林南柯：“她其实是色盲。”

“我……”

林一凡：“……瞎说，刚刚她都指出来了，那是红色和蓝色。”

有了人撑腰，我越发得意起来，最后为林一凡选了一双红白色的耐克球鞋。林一凡刚走开，林南柯突然又跑过来，递给我手机，让我也帮他选一双。

我迷惑地望着他：“林南柯，你没事吧？”

“我没事，快点给我选一双。”

于是，我在这位大哥没事找事的淫威下被迫营业，特别敷衍地给他挑了双绿色的。他接过手机一瞬间脸色骤变，和帮林一凡选的那双相比简直不忍直视。

我忍住笑意，听见他恶狠狠地叫我：“年加加，你故意的！”

这话说的，跟他不是故意让我选的一样。

林一凡的饮料哪里都好，就是不好打开，我对着易拉罐扯了半天，手生生硌出个红印子，最后的倔强让我拒绝了两位帮手，自己拽了半天，“啪”的一声，饮料瓶子打开了，却由于用力过猛洒了一袖子。

图这口气干什么呢？

我举着手，有点尴尬，问他们俩谁有纸。林一凡立马说：“我去给你买一包。”还没等喊住他，林南柯突然拉住我，从衣服口袋里拿出一包湿巾，自顾自地帮我擦了起来。

我感叹：“哇，你的衣服口袋好大啊，鼓鼓囊囊的，还装了什么？”

说着我就想伸手去抓，林南柯突然攥住我手腕，一脸嫌弃道：“你的手好脏。”

我惊叹林南柯的细心，他帮我擦手的时候，几乎是每一根手指都清洁到位，这让我的心脏扑通扑通跳个不停，赶紧把手往后撤。

“那个……我自己来吧……”

“你拿着饮料，怎么自己擦？”他依旧低着头，动作很轻，“少废话，别乱动。”

林南柯请我看了电影，林一凡请我喝了饮料，蹭吃蹭喝的我最后实在有点过意不去，想着人情不能欠，于是我说下周末请你们吃饭吧。两个人答应得十分痛快，一点都不含糊，尤其是林南柯，我话还没落音他就赶紧点了头。

好歹推辞一下装个样子也好不是？

结果这顿饭一吃，就到了年前二十九，明天就是大年三十，赵思念拉着我去逛商场。

我以为这大大咧咧的姑娘开始奔向贤妻良母那款，到了商场，却先是给自己囤了一大堆零食。

我说她：“你这是往猪的方向发展啊？”

“民以食为天，马无夜草不肥，什么时候都不能亏待了自己的嘴。”她说着，又往购物车里加了好几包薯片。

“那你今天来就是为了买零食？”

她突然停下脚步，笑嘻嘻地凑过来：“其实我是给郑繁星来买礼物的，明天就是他生日了。”

真好，大年三十过生日，举国同庆。

我不懂她的暗恋心事，只能陪着她瞎挑，选来选去都没有最合适的。在赵思念的逼迫下，我给林南柯发了条消息，询问郑繁星的喜好。

有了军师，做起事情来就方便很多，最后为郑繁星挑了两本外国名著，学霸的世界，就是与众不同。

赵思念还特意买了礼物盒，自己回家包装去了，我由衷地祝她好运。

林一凡过春节回了老家，所以我这顿饭他就吃不上了，可林南柯脸皮厚，该请的饭还是逃不过。

他到了之后还问我：“你跳高队的朋友呢？”

“回老家了，没空过来。”

林南柯居然笑了笑，然后拉着我去吃那家新开的肉蟹煲，不过最后又变成了他请客。

其实付钱的时候我俩争执了一会儿，最后林南柯说，如果我付了钱，那是对他尊严的践踏。

这话听着太严重了，我哪敢说什么。

吃完饭出来，我去隔壁超市买了几盒鞭炮和仙女棒，过年当然不能少了这些东西。

回去的路上，林南柯倒是玩得开心，像一个一米九的傻子，总是拿着燃起的仙女棒吓唬我，追着我围着整个广场跑。

隔壁小朋友看着眼红，过来叫了好几声哥哥姐姐，我心软，便想给他点一根，他却拦住我，问那孩子：“你的爸爸妈妈呢？”

“在那边。”

“没有爸爸妈妈在，哥哥姐姐是不能给你点的，受伤了怎么办？”

说得对啊。

我第一次看到林南柯有这么细心的一面，他蹲下来，摸着小孩子的头，嘴角扬起，莫名温暖。

大概是因为平时习惯了互相伤害，我从没注意过他身上的优点，此时此刻才在心里意识到，眼前这个同龄的大男孩，身上好像藏着无数的宝藏。

最后，我掏出手机，给他拍了张照片。

第六章 / 拒绝谣传

XIHUANWO,
NIPALEMA

〔Cut 1〕

寒假比暑假短，数学班一结束，也到了该开学的时候。每当假期结束要开学，才领悟到日月如梭是什么概念。

我妈果然是亲妈，早在开学前三天就不断地预告着好日子即将结束的事实，比如每天七点准时叫我起床，帮她做点家务美其名曰就当是锻炼身体。

我说："那能一样吗？"

我妈剁肉的菜刀落下："少废话。"

"好嘞，我妈最美。"

夏叔叔仰在沙发上看热闹看得直乐，一点都不知道来帮个忙。

开学那天早上，我起得有点晚，幸好前一天晚上收拾好了东西，背着东西就往外冲，路过门口的时候顺便踩到体重秤上，数字蹦啊蹦，最后落在 45kg 上。

"我去！重了十斤！"

我妈在里屋喊："你大呼小叫什么呢，上学快迟到了。"

来不及为自己逝去的苗条身材缅怀，我便火急火燎地冲出门去，总算是在学校关门前五分钟冲进了校园。

林南柯在校门口一把截住我，问我跑那么快干什么，不知道的还以为我让狼撵了。

“大哥，快迟到了！还有五分钟！”

“你忘了开学第一天允许晚到五分钟吗？”

他这么一提醒，我才猛然想起来，确实有这么回事，老师说怕我们第一天准备东西时间不够用，放宽了五分钟。

我为自己的脑子感到悲哀，乱七八糟的东西都塞了进去，就是不装点正经事。

新学期新气象，还转来了一位新同学，叫周小喃，听她做自我介绍，给我留下性格较为绵软的感觉，果然，这个世界上还是可爱的女孩子多。

赵思念趴在桌子上噘嘴：“什么嘛，我还以为能来一个帅哥呢。”

“你有郑繁星还不够啊，吃着碗里瞧着锅里的。”

“你可别提了，我对他不抱有任何希望了。”

我一听，这肯定是出了什么问题，正想问两句，赵思念却转过头自己待着去了，我也只好闭嘴。

新同学成了我的后桌，孙老师特意嘱咐要我多帮帮她。我当然不能吝啬自己的热情，下课回过头对她道：“你好，我叫年加加，你有什么事尽管麻烦我就行。”

林南柯走过来，直接把我拎走了：“就你？照顾好自己就不错了。走走走，跟我一起去篮球队拿点东西。”

“哎哎哎，别拎我……拿什么？”

林南柯神秘兮兮地说：“下周有篮球赛和运动会，我去把我篮球拿回来练练。”

我对他这种听风就是雨，无从认证的小道消息表示质疑，直到数学课下课的时候，班主任为林南柯证实了这个消息。

“新学年，春暖花开，学校为了鼓励大家，决定下周六和二中进行篮球赛，然后周四周五，举办运动会，有想参赛的，下课去体育委员那里报个名。”

班内一片欢呼，我回过头瞥了瞥林南柯，果然又开运动会，他得意地挑眉。

据学长们说，高中三年参加的运动会其实就两次，到了高三，为了让大家一心扑在学习上，学校会为大家解除一切活动的干扰。说白了，就是低着头学习，什么都不要想。

这做法也太没人情味了。

我低估了同学们对运动会的热情，才短短一天，所有项目几乎都有我们班级的成员参加。体育委员说这叫雨露均沾，说不定意外发掘了学生特殊的潜能。

对于运动会我已经提不起什么热情，反正跳高这事我在行，我倒是对林南柯的篮球赛感兴趣，到时候真想去瞧瞧。

赵思念让我先冷静下来，照顾好已经胖成球的自己。周小喃在后面喊我，问我报了什么项目。

“跳高啊，你呢？”

“巧了，我也是跳高。”

赵思念回过头插嘴：“你可别和年加加比，年加加是个会弹跳的球，学校跳高队的。”

周小喃惊讶道：“我的天，你跳高队的啊？”

“低调，低调。”

课间操时间，全校学生都要去操场上做操。下楼的时候，赵思念挽着我的胳膊，八卦地东瞧瞧西看看，她说：“哎？那个就是隔壁班新转来的同学啊，也不是很帅啊，还不如郑繁星呢。快，帮我看看郑繁星在哪儿。”

“你已经下来了，他还在楼梯上面。”

看着熙熙攘攘的校服大军，我不得不感慨树人中学的招生工作真是强悍，这个楼梯承载着它不该承载的重量。

不知道为什么，看到这么多人我莫名会想起踩踏事件，心里发慌，不由得紧紧抓住赵思念的衣袖。她也感觉到了不对劲，反过来拽我，问我怎么了。

人如果倒霉，那该来的无论怎么样都不会躲过，她话音刚落，后面有人猛地向前一推，我重心不稳，顺势栽下去，前面虽有人及时伸手扶我，可还是扭到了脚腕。

赵思念看我这样，对后面破口大骂：“你们抢什么抢啊？老师没说过不允许在楼梯上打闹吗？你们也不怕闹出人命来。”

“先别骂了别骂了，命重要，快扶我起来。”

事发突然，周小喃和赵思念只好扶着我去老师那里请假。

林南柯在前排带队，见她们两个搀着我，皱眉道：“怎么了？”

周小喃解释了事情的原委。

我表示自己没事，休息一下就好了，林南柯却急了：“什么没事？你是一个跳高队的队员！刘文亮，你帮我带一下队。”

话说完，在所有人震惊的目光下，他抱起我就往医务室跑，可能是嫌我还会呼吸，那动作粗暴得，差点让我继脚崴了之后又闪了腰，让本就残废的我雪上加霜。

短暂的惊吓后，我无助地望向赵思念，她反而露出一副花痴的表情。得，指望不上了。

“林南柯，我还能走，你让我下来。”

“你现在走路容易加重伤势知道吗？对于运动员来说，最重要的就是腿脚，一点小伤都不能马虎。”

他的话句句在理，我竟然没办法反驳，即便我的身高达不到要求，无法成为他口中的“运动员”。

林南柯的做法惊呆的不仅仅是各位吃瓜群众，就连校医老师也瞪圆了眼睛，进门之后，他和我们对视良久，憋出一句：“教育制度改革了？”

我脸通红，挣扎着要下来。

校医老师说就是崴了脚，问题不大，幸好没有亲自走路过来，要不然一会儿就好了。

林南柯挠挠头，开始解释：“老师……这不是……这不是同学之间互帮互助嘛。”

校医老师冷哼一声，眼神里写满了“我都懂”，扔了句：“你最好是。”

他把用过的棉签扔进垃圾桶里，我觉得心里不踏实，忍不住多问几句：“老师，你能不能再帮我检查一下，还是有点不舒服，你看你看，都肿起来这么大一块。”

他轻轻捏了捏，忽然表情严肃起来，我的心顿时提上了嗓子眼，我可不想听到什么“以后就不能跳高了”“恭喜获得残疾人证书”之类的话，那都是电视剧里出现的情节，我就是摔了一跤，应该顶多就是不能参加下周的运动会了。

虽然腹诽着好结果，我还是不敢大意，小心翼翼地问：“老师，怎么了？”

他皱眉：“你这个情况……不太妙啊，我怀疑你本身就有股骨头坏死，而且还有炎症扩散情况。”

“啊？那会怎么样？”

“轻症截肢，重症料理后事。”

我下意识地抓紧了林南柯的衣服，憋着眼泪，只是摔了一下而已，牵扯出这么多问题，果然，我天生适合做主角，这些狗血的事都发生在自己身上了，怪不得小时候总是觉得自己与众不同，原来是注定了我命运的不平凡。

下一步是什么，我回到家哭着对我妈说女儿不孝？估计我妈会拿着扫把帮我修理脑子吧？还是瞒着我妈直到病情加重？

校医老师见我如临大敌的样子，绷着的脸突然乐了，说：“逗你玩的，你们这些人，没事不要总是研究自己，多大点事。”

我气不打一处来。

他是怎么当上校医的？

紧接着，校医老师又补充了句：“脚腕肿得厉害，是因为你肉多显得。”

我：……

〔Cut 2〕

出了这档子事，我的运动会肯定不能参加了，这事挺让人抑郁的。赵思念拍了拍我的后背，说十分理解我现在这种窝囊的心情。

我对她匮乏的词汇量进行了羞辱，什么叫窝囊？又不是站不起来了？向林南柯报仇也不在于一时半会儿。

赵思念可能就当我是放了个屁，没搭理我。

过会儿，我问：“你见过折翼的天使吗？”

她被这个问题问住了。我拍拍自己的胸膛，底气十足地告诉她：“没错，就是我，虽然我现在飞不起来，不代表以后飞不起来。”

“人家天使折翼都掉进彩虹和云朵里，你是掉进了洗衣机滚筒里吧，搓得这么圆。”

我：“……”

“不过话说回来，林南柯那天抱你真帅。”

“我也觉得挺帅的。”我思考了一会儿，突然意识到了问题，“你说会不会他换路线了？改成美色诱惑我？引我上钩？”

赵思念突然哈哈大笑，让我回去照照镜子，如果他真的以色侍我的话，那他可是血亏。

这冷冷的话拍在心上，让我严重怀疑她是林南柯派过来打击我的卧底。

崴了脚之后，不能参加任何活动，就连篮球赛的啦啦队都把我拒之门外，原本想从啦啦队里给林南柯制造一个大“惊喜”，却不想流年不利，门都没进去，就让人一脚踢飞了。

所以篮球赛那天，我只能以观众的身份出现在看台上。林南柯之前还跑我面前臭显摆他的新球衣，后面写着大大的“8”，我不懂那是什么意思，他告诉我，在场上找衣服上有“8”的那就是他。

我其实看不懂篮球比赛，场上一群人围着一个球跑来跑去，小时候甚至还想过，这些人家里是不是很穷？为什么连个球都要抢？

林南柯说了他是8号，我便全场找“8”，一会儿8号跑起来了，一会儿8号追球，一会儿8号球进了，我高兴地站起来欢呼，重复几次后就发现了不对劲，怎么我周围那么安静，和我一起叫好的却是二中那边的，她们奋力鼓掌顺便还用看傻子的目光看我，有这么侮辱人的吗？

我依旧我行我素，再一次站起来叫好的时候，赵思念一把把我拽了回去，冷冷道：“你别号了，那是对面的8号。”

对不起……

场上比分我倒是能看明白，谁分高谁就赢，只是我们和二中不分伯仲，每次刚稍稍拉开距离，很快就会被追回来。

球场上竞争激烈，球场下观众也不遑多让，二中说我们学校是一群脑子泡在书本里的书呆子，差不多就认输得了，赵思念撸起袖子就想和人家打架。

可以理解，毕竟郑繁星也是球员，但该拦还得拦一拦。

中场休息，啦啦队又开始了场外比拼，一群肤白貌美的长腿女生非要争出个C位。我看得正带劲，林南柯跑到台下来，随手拿起我喝过的水就喝，我愣了半晌，被旁边二中女生的花痴脸闪回了神。

“哇，树人中学还有这一款，太帅了吧？”

“真的哎，刚刚在场上我就一直在看他。”

看来她们不仅嘴巴坏掉了，连眼睛也瞎了。

出于集体荣誉考虑，我犯不着和这些三级残废较劲，抬头望向林南柯，说他：“你也不怕我在水里下毒。”

“那先死的肯定是你。”

赵思念突然很大声地接了一句：“我下毒，送你俩做对亡命鸳鸯。”

我只能使劲瞪她。

林南柯坐到我旁边，我瞄了一眼，他额角全都是汗珠，果然干什么都不是个容易事，这天气不冷不热，但对于参赛者却是种考验，想起二中女生的嘲讽，便问道：“你说咱们会赢吗？”

林南柯冷笑：“我不会给你嘲笑我的机会。”

成，狠人。

比赛再次开场，双方队员激烈角逐，我紧紧盯着8号球员，动作干脆利落，根本不给对手可乘之机。如此这般，也就没能出现电视剧里那种“主角比赛永远差一个球”的情节，看这情况赢肯定是赢定了，我还准备着为林南柯撕心裂肺地加油打气，向大家伙展示空前绝后的革命友谊，结果徒有一身才华，无处施展。

赵思念戳着我的脑袋，恨铁不成钢道：“你傻啊，你有这种想法是好事，怎么不早说？”

我怎么不觉得是好事？

于是，没等我解释清楚，这位大姐在众目睽睽下拉着同样是三级残废的我站起来，她清了清嗓子：“咳咳，我的姐妹有话要说。”

我表示这样不太好吧，赵思念说没什么不好的。

那行，后部力量足够强大，而且站都站起来了，我顿时底气十足，用潘长江的经典《过河》开嗓：“哎——林南柯——”

场上一片寂静。

我继续喊：“南柯南柯，树人一哥，篮球健将，当仁不让。”

林南柯听到这话，似乎更有劲头了，直接扑到了对面球员的身上，我继续喊：“南柯南柯，树人一哥！篮球健将，当仁不让！南……唔……”

我正起劲着，赵思念突然一把捂住我的嘴，把我拉了下来，她表情跟吃了苍蝇一般难看，说我喊的都是什么乱七八糟的。

这可是我专门为林南柯设计的口号，一辈子仅此一次，可以称得上限量款，她懂什么，这是我们之间美好友谊的独特表达方式。

林南柯估计太感动了，接下来一个球都没进，还让对方撵上了好几个。我在下面看得干着急，不就是个口号吗？小场面，怎么能乱了阵脚？

想听我以后天天喊给他听啊。

最后裁判一声令下，比赛结束，不负众望，差一分就赢了。

林南柯下来的时候脸色都变了，我答应了比赛结束给他送水，但现在谁不跑谁是傻子，这热闹不凑也罢。

逃跑途中路过二中那群女生，她们向我投来感激的目光，这对我是极大的羞辱，我心里那个恨啊，同样是三级残废，相煎何太急？

记忆中这场篮球赛在我的反向助攻下轰轰烈烈地输了，全班同学都觉得我是个菜市场的天才，对于这事，我也挺自责的，再怎么说也是关乎学校荣誉的大事，我一度不敢出门，趴在班级桌子上自我反思。

二中那两个尖酸刻薄的三级残废说得没错，我们学校的确有人脑子被泡了，比如我，还是猪油泡的，这是来自另一个三级残废发自灵魂深处的忏悔。

不过林南柯却说这事和我没关系，对方在我喊口号的时候犯规，导致我们这边两个球员受伤，恰好当时裁判打了个哈欠没看见，已经反馈上去了，估计待会儿就有公正的裁决。

我松了口气，不禁在心里把那个裁判拉出来批评了一顿，身兼要职就该好好睡觉，没事打什么哈欠。

当时正好有无人机拍摄，记录下了二中球员犯规的行为，整个局面扭转，赢家还是我们。

不过最遗憾的是，我没有机会再和二中女生当面对峙了。不过话说回来，既然场上球赛赢了，场下自然也算不得输，而且他们使伎俩小人在前，从道德上就败得一塌糊涂。

我这人八卦，却不会主动寻找八卦，那段时间赵思念次次暗示我林南柯和周小喃走得近，但我并未在她的眼睛里看到任何满足我八卦欲的信息，所以干脆就没在意。

日子一天天过，学也一天天上，读完高一就是文理科分班，我妈让我重视点，毕竟决定以后找男朋友的水平，这叫什么？偷梁换柱？换个思维方式去努力学习，听起来蛮有帮助，实行起来的确轻松许多，结果也挺不怎么样的。

林南柯依旧帮我写笔记，不过学习的重担终于压得这位篮球少年喘不过气，帮我做笔记这事就马虎过去了，如果没有特殊情况，他直接把他的笔记扔给我。上面密密麻麻的字令我头大，但还是为他竖起大拇指，他摆摆手表示小意思，就是随便写写。

他都随便写写了，于是我就随便看看。

不过值得敬佩的是，林南柯并没有因为打篮球而耽误学习成绩，反而步步高升，看起来压根就没费力似的，让我这个在后面拼尽全力拽着牛尾巴奔跑的人着实羡慕嫉妒恨。

赵思念说，别怕，若命运不公，就跟它斗争到底！

从她这儿受到启发，我找出占星手册，又给自己算了算是什么命。

赵思念：“你就像哪吒。”

“真的？”

“真的，刚出生时的哪吒。”

我想了想，拿起课本挥过去：“你才是个肉球。”

这时盛雅媛过来，让我去孙老师办公室一趟。我望向赵思念，刚刚测了运势说今日可能会有突如其来的麻烦，心中隐约不安。

〔Cut 3〕

进办公室的时候，孙老师刚好端起茶杯抿了口茶水，从一举一动来看并没有什么异样。林南柯也在，他向我眨眨眼睛，我心想这人什么时候这么活泼了，于是也冲他 wink 了一下。

孙老师“嘭”的一声把茶杯放在桌子上，吓得我赶紧回过头来。

“你们两个！都什么时候了还在这里给我挤眉弄眼的？马上就要期末考试了，心思用在正地方。年加加，你说说你成绩怎么样？”

“我觉得挺好的……”

“你说什么？”

他语气不对，我赶紧改口说不好，孙老师却道：“最近新买了普洱，一会儿叫你家长过来尝尝。”

我瞬间蒙了，这怎么回事？还没容我开口辩解，孙老师又扯着嗓子喊：“还有你林南柯，你可是根好苗子，不能因为其他事耽误了前程，再说，你们根本就不配，一个那么高，一个这么矮……”

“哎哎哎……老师……”我算是听明白了，急忙打断他，“老师，您别是误会什么了吧？”

原本突然进办公室挨顿莫名其妙的骂，心里又委屈又纳闷，但孙老师这话里有话，即使绕了一百个圈，也还是听得出来，我要是再不知道怎么回事，那就得把脑袋还给妈妈了。

事出必有因，肯定是哪位老师或者同学最近闲得发慌递了举报信，要不然就凭孙老师的观察力，直到毕业还觉得全世界都岁月静好呢。

当然，我和林南柯之间纯洁如白纸，在我妈的正确教育下，我深知孰轻孰重，这事压根连想都没想过。

可就这样一个根正苗红的好青年，被人诬陷早恋？还是跟死对头？这人告状前有没有考虑过我会觉得他的脑袋是个摆设？

欲加之罪，何患无辞，洗白恐怕还不是件容易事，但该洗还是得洗。

“老师，我和林南柯之间是纯洁的同学关系，不是您想的那样。再说了，”我小声嘟囔，“您这话说得跟我配不上他似的，我妈说了，高中的男孩子都不是好鸟，幼稚无聊还自大，而且还丑……”

“等会儿，年加加，你说什么？”林南柯截住话。

我心里本来就窝火，再被他这样蛮不讲理地打断，小火苗顿时熊熊燃烧，成了一场大火。

“我说，你不是好鸟，而且丑。鸟还能一飞冲天呢，你长得再高，也没和太阳肩并肩啊。”

他气呼呼的，说人心是什么样的，看别人就是什么样的。

我说那你心里肯定是个小人，因为你看我矮。

他说我强词夺理，偷梁换柱。

我说他恶言恶语，臭不要脸。

“你再说一遍？”他瞪眼。

“再说一遍就再说一遍，别以为你帮了我，我就会感谢你，想占我便宜门都没有，跟你早恋？这辈子都不可能！”

“年加加，你个白眼狼！”

现在想想，当初我也不知道哪儿来的勇气，一把搡开比我高半米的他：“你说谁是白眼狼？”

“你再推我一下试试？”

“试试就试试！”

“年加加！”林南柯话音刚落就要抬手，我怕他打我，干脆先下手为强，自己主动一屁股坐到地上，却不曾想误判了体重带来的惯性，后背硬生生撞到桌子腿，疼得我倒吸凉气，还没缓过来，紧接着听见“啪”一声，循声望去，孙老师的玻璃茶杯摔成了碎片。

我当时害怕极了，想在林南柯身上寻找到同是天涯沦落人的帮助，结果这位仁兄比我心理素质还差，一直低头看着自己颤抖的双手。

孙老师怒目圆瞪，我和他对视一眼后，吓得赶紧又将矛头指向林南柯：“你……你什么时候学会的隔山打牛？”

孙老师气得连椅子都坐不住了，负手而立，点点头说道：“你们两个的确没有早恋的迹象。”

我松了一口气，就说嘛，我们两个不可能。

“但是，你们两个有打架的恶劣行为，明天叫你们家长过来一趟！”

……

这事的后来，我妈和林南柯他妈都被请来了，不知道为何一见如故，对于孙老师指出的问题一一应下，并不为我们做任何辩解，还连连向老师道歉。出了办公室，林南柯妈妈透露出中心商场打折的消息，结果两位中年少女一拍即合，手拉手去逛街了。

我和林南柯在原地不明所以，看了对方一眼后，又不约而同别过了头。

他说：“年加加你至于吗？”

“怎么不至于？”

“差不多就得了。”他过来扒拉我，“今天的数学笔记放你桌子上了，还别说，你噘嘴的时候和夏叔叔有点像。”

“我谢谢你啊，不过以后你还是叫夏大爷吧。”

他表示不解。

“现在没可能，以后也别对我产生痴心妄想，你大爷永远是你大爷。”

谁曾想林南柯把这事记住了，期末考结束又迎来一个关于文理科分班的家长会，林南柯和夏叔叔再次见面的时候，屁颠屁颠地跑过来喊了声“夏大爷”，然后对夏叔叔解释：“年加加说了，您永远是我大爷。”

我恨不得把他踢到六界之外。求求他了，还是做个人吧。

文理分班就意味着，曾经在一起的人会因为选择不同的科目走上不同的人生道路。这是懵懂时期的我们，探向未来的第一个重大决定，也是很多人感受到的第一个理想与现实。

很早之前大家就开始做决定，有家里安排好的，有为了梦想选择的，还有严重偏科的，而我完美躲过以上三种情况，我是前怕狼后怕虎的。

所以，在没有正式做出选择之前，我为自己占了无数次星，算了好几卦，为此还学会了五行，都没能得出一个肯定的结果。

不过为此事来找我这个江湖骗子的人不少，什么薯片可乐小熊软糖，炸鸡奶茶汉堡鸡腿，借机发了一笔不厚道的横财。

这些东西自然没逃过林南柯的法眼，他连我自己买的旺仔都给没收了。

他得了便宜再卖乖，从专业角度告诉我，如果想走体育类，最好是选择理科。

而恰好我对生物和化学感兴趣，便听取了他的建议。我妈和夏叔叔对此事并没有什么看法，夏叔叔尊重我的决定，而我妈直接表示反正都学不好，哪个都一样。

太受打击了。

其实文理分科也挺简单的，并没有影视剧中演的那么心酸。

选择理科的我还没开始上课，就已经继承了标准的理性思维，深深怀疑小说有夸大的成分，什么愁得不行，什么分个科心都碎了，根本没那么多事儿，都瞎矫情什么呢。

这种想法持续到我去理解赵思念，才知道原来它分人。

我恰恰属于无所谓那一卦，赵思念就是多愁善感的那种。

她文科强，所以选择了文科，而郑繁星选择了理科，这就意味着他们不会在同一个教学楼上课，见面的次数即将变得屈指可数。

赵思念放学自己一个人坐到小河边难过，眼眶含着泪，我怕她想不开跳下去，便寸步不离。

她表示自己才没有那么脆弱。

“年加加，其实，我难过，不仅仅是因为见不到郑繁星，更多的是无能为力。小时候所有人都认为自己是英雄，上天入地无所不能，长大了才知道，这个世界上令你无可奈何的东西太多了，繁星再美，不可能奔你而来吧？所以啊，还是别琢磨不实际的东西了，好好做自己。”

我当时不能理解她这番话的含义，她说什么，我跟着点头便是了，但可以分清一点，如果郑繁星是她当时的理想，那么现实就是选择擅长的文科。

后来我又有了另一种理解，如果做无所不能的英雄是理想的话，那么现实就是，很多事情让人望洋兴叹。

分科后的学习生涯更加枯燥，每天上来上去就那几种课，上午刚见了物理老师钢板一样的脸，下午就还要再和他见面。

林南柯理综强，分了班之后，一跃成为榜首学霸，孙老师依旧带我们班，只是老同学离开了，来了一些新同学，盛雅媛也去了文科班，选来选去，最后孙老师直接让林南柯做了班长。

孙老师表示，为了让新同学更快地融入进来，按照成绩分学习小组，互帮互助，共同进步。

他自己本身是个怕麻烦的人，所以分组这事就交给了林南柯，随之是报仇的机会来了，这位大哥力排众议，硬生生把我从四组拨到了三组，美其名曰：年加加是一般人对付不了的。

我谢谢他。

〔Cut 4〕

我笨也不是一天两天的事了，成立了学习小组之后，林南柯更是每天说我八百回。

周小喃留在了理科班，她经常说林南柯对我很照顾，我并不认为他对我有什么特殊的照顾，如果有的话，那也只是想先把我养肥了，然后再杀。

啧啧啧，怪残忍。

周小喃不知道我们之前发生过什么，劝我说不要对班长有太大的敌意，其实他人很好，上次还帮她去办公室偷过作业。

我一听顿时来了精神，好啊林南柯，千算万算也没想到正义之士也能做出这档子事来，奈何兴奋一场后，找不到任何他做坏事的证据。

俗话说得好，常在河边走，哪有不湿鞋。我问周小喃，他下一次去偷作业是什么时候，周小喃支支吾吾半天，表示不会再有下次了。

那可真是太遗憾了。

关于他们两个人的事，我没仔细问，我也懒得知道，一听到没有机会报仇我也就对这事失去了兴趣，周小喃讲了什么我一句都没听进去，她抛过问题的时候，我才把记忆倒回去，找到耳朵刚刚捕捉的内容，然后拼尽全力假装不敷衍。

没有了赵思念的班里，我也不知道和谁能多聊几句，和周小喃还算熟，主要是她的话实在是多，不管你喜不喜欢听，噼里啪啦就是一通疯狂输出，我有时候听得头大，会反问她：“你家里人没嫌你烦吗？”

她还思考了一下，说没有。

当上班长后的林南柯似乎特别忙，每天都穿梭在办公室和教室之间，这样下去，我倒是有点担心他的篮球水平和学业，说真的，要是荒废了挺可惜的。

这事我也提醒过他，但是吧，我的身份是他的敌人，话说多了就显得我特别刻意了，该出手时就出手，该收手时也要收手。

高二上半学期正值秋冬之际，和林南柯成立了学习小组后，我差点和他变成同桌，后来我说我太矮，后面的位置看不见，林南柯这才松了松口，于是，我们成了毗邻的前后桌，假以美名：要把我亲手带大。

位置靠近了，互掐起来更是方便很多，尤其是早自习我快睡着的时候，林南柯在后面拼命踢我的凳子，还好用力不大，否则就不是桌子挪挪那么简单了，保守估计直奔太空。

而身为我们组的小组组长，这位尽职尽责的带头人每时每刻都在监督着组员的一举一动，我特纳闷，还问过他怎么这么多的闲心，有那个时间做点自己喜欢的事它不香吗？

林南柯却告诉我，他喜欢的事情就是学习，学习令他快乐，所以他不会吝啬对大家伙的关照，因为督促别人学习，就会让别人感受到和自己相同的快乐。

嗯？反正我没感受到。

我就是觉得他祖国的一根好苗子，以后不为老百姓做点实事当真是浪费人才了。

学了理科之后，我觉得我的脑子被复杂的公式搅成了糨糊，隐隐约约记得那年也没少干傻事，只是时间久了，能记住的也就几件印象深刻的事罢了。

北方的冬天，教室的玻璃窗上会结一层水雾，恰好我又是靠窗的位置，上课听课无聊，闲得没事干便伸手去擦，擦了擦觉得好像外面有什么东西，好奇心又让我撕了几张纸，继续在窗户上蹭。结果突然就看到孙老师的脸，凑在玻璃上冷冷地盯着我。

他可能不甘心就这样放过我，在我觉得躲过一劫时，已经转了个大圈来到教室，和任课老师打声招呼，直奔我来。

他的嗓门仍旧不高不低："年加加，你上课不好好听讲干什么呢？"

"我……"

不等当事人狡辩，孙老师又追问："刚刚在玻璃上看到我是不是很意外？盯了你那么久你还在那里擦，我还以为你不认得老师了呢。"

我想说几句热情的话套套近乎，却没想到嘴这时候紧张了，一紧张它就瓢了，开口是："老师，我保证，您化成灰我也认得您……"

全班哄笑。

但这话成功激怒了孙老师，他说我既然不想好好听课的话就出去反思，我说我想，但他由不得别人讨价还价，于是，教室门外多了一个我。

旁观者林南柯幸灾乐祸，表示我这叫真活该。

不知道是不是我的错觉，文理分科后，每天学来学去就那几门，课程上似乎变得容易了。我的成绩也慢慢地开始爬坡，当然，成绩这事离不开林南柯的督促，但我不会承认和他有关的，除非是滑坡。

我妈见我开窍了，乐得合不拢嘴，事实证明朽木也有可雕的一天。我不服气，非说自己是檀香木。

上帝是公平的，所以与此同时，和考试成绩一起上升的，还有我的傻缺系数。

我班有个男生叫祝有成，他和物理老师的背影特像，连这位当事人自己都纳闷，这得天独厚的中年气质简直一模一样，想不到小小年纪，已经拥有一颗沉淀多年的灵魂。

结果问题也出在他这早熟的气质上。

每次上课铃声响起，还在外面玩的同学都会以最快的速度冲进教室，假装课间又跑又跳的人与自己无关，继续维持老师眼里的好形象。

而那次，铃声一响，我赶紧跑回座位，看到祝有成还气定神闲地站在门口张望。平时我们俩没少开玩笑，所以当时我也没想那么多，上去就飞踹了一脚，他向前趔趄，差点摔趴在墙上。

我还纳闷他怎么这么禁不起摔打，然后大声喊：“快跑！要不一会儿老师来了！”边喊还边跑到前面去，本打算冲人家做鬼脸，但是看清了那张脸时，脑子顿时“轰”的一声，什么东西炸了。

我……我去？这不物理老师吗？

我讪笑着，还没来得及道歉跟解释，物理老师就让我站在教室后面听讲了。

唉，大佬惹不起惹不起。

林南柯对此表示，他本来想救我来着，可我一心求死，十头牛都拉不回我踹出的那一脚。

罢了罢了，事情已经过去，再放马后炮也没啥意思。我说林南柯你要是实在闲得没事干就教教我打篮球吧，他上下打量了我一番，嘴角扬起，眼神中带着一丝不屑：“你就是个球，你还打篮球？”

我威胁他：“你信不信本占星师让你这一年都霉运当头？”

他把打开的雪碧递给我，但嘴上仍旧不饶人。

“你算命？你还是算了吧，你要是可信，现在的成绩还至于吊车尾吗？”

考虑到小组测试的时候还有求于他，我就没再和他争执，是时候该让着他点了，毕竟实权在手，人家是班长。

老师做测试还是挺严格的，我求了林南柯让他帮帮我，考试前说好给我看答案，考试中全程低头，对我的疯狂暗示避而不见，为此，我还很荣幸得到了监考老师的注意。

考完这场，林南柯就遭受到了我的暴力对待，他说都怪事先没做好准备，那么下一场，如果他摸头顶就选 A，摸鼻子就是 B，摸耳朵就是 C，摸下巴就是 D。记住这个顺序之后，我本以为这次作弊能够成功，但林南柯铁了心不想让我成功晋级，不然也不能像洗脸一样摸着自己摇头晃脑。

考试一结束，心中意难平，我干脆指着林南柯的鼻子骂：“我算是看清你这个人了！欺骗我的感情！”

人民群众八卦心如狼似虎，听到这话的同学一阵唏嘘，皆用一副看戏的眼神望过来，这下他怕是有一万张嘴也说不清。我当时也没有考虑那么多，就想着让他难堪，让自己心里出口恶气。

林南柯脸色果然不好看，看到他不如意，我就能得意了。但得意的劲头还没完全涌上来，他突然过来，一把搂住我的肩膀，甩都甩不开。

我故作镇定，大声说：“你可是班长，平时要多注点意，同学们可都看着呢。”

“你都不怕我怕什么。”

我：“……”

我那哪是不怕啊，我那是以为他怕。

周小喃这家伙和赵思念不一样，赵思念遇到这种情况，会一边添油加醋一边想办法解救我，但是周小喃只是远远地望着，除了说话时是个叽叽喳喳的麻雀，其余时间都变身小白兔，唯唯诺诺的。

我终究还是一个人扛下了所有。

友谊这东西，也不是说有就有的。

也不知道赵思念在文科班有没有遇到合得来的新朋友。

每天与林南柯的你争我斗成了不可缺少的调味剂，说实话，自打有了他，上学这事没那么枯燥乏味了，时间过得也快。

还没等我把立下的 flag 完成，一学期就又过去了。

第七章 / 别放弃我

XIHUANWO,
NIPALEMA

〔Cut 1〕

膀胱是一个受不得委屈的器官。

自习课上，我实在忍不住，回头小声对林南柯请示：“班长，我想上厕所。”

他停下手中的笔，眼神充满了怀疑。

“你想要什么花样？”

“没有啊，”憋尿的感觉苦不堪言，我解释，“下课跟人比赛喝水来着……”

林南柯一脸了然模样，恶狠狠道：“你活该啊，赶紧去，赶紧回。”

听到“去”字，我起身就往外冲，毕竟不想因为尿裤了这事再登上树人中学的头条，要真是这样，到时候我会一头撞死在作业本上。

林南柯的话尾落在教室拐角处的空气里，带着一股柠檬的香味，沁人心脾。

我拍了拍自己的脑袋：醒醒吧，那是洗手液的味道。

自习课结束，班内几个看热闹不嫌事大的同学用比赛喝水这事刺我，我这人干别的记性不好，但记仇还不错，总是有口气憋在心里，尤其是对于滑铁卢事件，记忆尤为深刻。

“你是在挑衅我吗？”

“是。”

我手指勾了勾，尽力从脸上扯出一个标准的冷笑：“那么恭喜你，你成功了。”

第二届喝水大赛正式拉开帷幕，为了打造出胜利者的气势，我一只脚踩在桌子上，学着电视剧里土匪喝酒的模样，打开瓶盖，帅气地仰脖，三饮而尽。

旁边还有拍手助兴的吃瓜群众，这场非正式比赛，气氛倒是挺到位。

喝完一瓶，众人连连叫好，我故作腔调，学人家摔碗，把塑料瓶往地下一扔，抱拳道：“承让，承让。”

只见那个瓶子一蹦一跳，跃过数十条桌子腿，又打了利索的几个滚，落到了一双绿色球鞋脚下。

我低头盯着瓶子，脱口而出：“哟，这谁还穿绿鞋呢？演绿野仙踪啊？”

语毕，我一抬眼，林南柯正悠悠地盯着我。

“你说错了，我脚踩呼伦贝尔。”

这种时候就该害怕，我紧张地咽了咽口水后，小心翼翼地喊他：“林……林大班长……”

不知道是不是我的错觉，我总觉得林南柯此时此刻目光十分阴冷，旁边有人喊我继续比赛，我便把这事搁下，打算秋后再算账。

“来来来，继续。”我正准备喝第二瓶，林南柯突然把瓶子夺了过去，二话不说全下了肚，喉结上下滑动，中间压根连口气都没喘。

有人问林班长什么意思。

不仅他们想问，我也想问。

林南柯众目睽睽下提起我的衣领，向大家赔礼道歉：“不好意思，给大家添麻烦了，我这就把她领回去。”

“咦——”众人一片起哄。

我突然被拎到座位上，眼前一晃变成了练习册，委屈得差点哭出声，转过头凶巴巴地质问始作俑者：“林南柯，你喝我的水干什么？”

“喊什么喊，刚打完球回来有点渴。再说了，谁说那就是你的水了？”

“我在那儿比赛你掺和什么？”

“你能参加点有用的比赛吗？这种比赛不是在挑战你的胃，就是在挑战你的膀胱，多看看书长长脑子比搞这些东西强多了吧。”

人家口口声声为了学习成绩，我被怼得哑口无言，只能默默认栽。比赛还在如火如荼地进行着，我远远地望着他们，只能感叹一句快乐都是别人的，我什么都没有。

哦不，我还有做不完的练习题。

在学校里被林南柯爆头，回到家没有家门钥匙。

我蹲在门口等家里人回来，心里挺纳闷的，夏叔叔和我妈平时不会同时出去的，而且这个时间也不对啊。

越等越沉不住气，我站起来，跑到对面敲了敲邻居的门。

不得不说，我家邻居也挺不靠谱的，见我过来，猛地拍了下大腿，才想起来我的事。

“哎哟！你瞧瞧我这做饭做的都给忘了，老夏走的时候把你家钥匙给我了，让你回来赶紧给他打个电话。”

我一边道谢一边接过来。

夏叔叔从来都没有让我主动给他打过电话，一般都是打我妈的号码，这事儿弄得我心里不安，总觉得像是出了什么事似的。没等我沉住气，我就把电话打过去了，电话那头夏叔叔声音有些低沉。

“加加，你来医院一趟吧。”

我妈是护士，所以我当时也没起疑，我说：“那我给我妈打个电话，问问她想吃什么。”

夏叔叔说不用了，他现在也在医院，让我快点过去。

“是不是……出什么事了？”

他沉默几秒，还是让我先过去。

即使我反复逼问，夏叔叔也不肯在电话里说怎么回事，但唯一肯定的是出事了。

我锁好门，撒丫子就往医院赶，心中的不安像是一把鼓槌，轻轻地抨击着内心最脆弱的地方，震响了我心里所建立起的安全区域。从家到医院骑自行车需要二十分钟，我挺着急的，硬是把二十分钟的路程骑出了十三分钟，到了医院门口，把车子一扔就冲进去了。

一路狂奔，我找到夏叔叔所说的病房时气喘吁吁，本打算在门外静下来再进去，却不曾想正好透过玻璃看到了病床上躺着的人，心像是被什么东西揪住了一样疼。

我不敢相信那是我妈，她躺在床上，脸色苍白，双目紧闭，眉头痛苦地扭在一起，身上插着好几道管子。

那一刻我终于体会到了什么叫腿上灌铅，顷刻间突然多了好几种心情，其中有一种叫逃避，我根本就不想走进去，看到最爱的人承受病痛的事实，有种被一刀剜心的感觉。

我最终还是进门了。

夏叔叔看到我，一下子站了起来。

我努力不哭，目光一直停留在我妈身上，病号服好像有些宽大，她只微微睁眼扫我一下，眼皮仿佛不堪重负，又闭了回去。

“夏叔叔，我想听你骗骗我。”话说着，眼泪争先恐后地挤出来，我不想惊动我妈，便使劲捂住嘴跑到门外去了。

那是我人生中，第一次自己一个人待在医院的走廊里，来来往往有许多护士和患者，他们像是司空见惯了这种悲哀，并未有任何大惊小怪，我妈在这儿工作，免不了碰上几个认识我的，但也就拍拍我的肩膀，让我放宽心，或者塞给我几张纸。

事情发生在自己身上，才知道有多痛。

我那天哭了很久，直到眼睛哭疼了才缓缓起身，到楼下买了点饭菜，让夏叔叔和我妈吃点东西。

夏叔叔说我妈是糖尿病。

我望着对面那个男人，仿佛一瞬间苍老了很多。

岁月把他的皱纹挖得更深，那双眼睛有些混浊，红血丝团成一团塞满了眼白处，让我觉得他的悲伤一点都不比我少。

我说：“夏叔叔，我跟学校请几天假，我们一起照顾我妈。”

他想了想，说：“也行，你总得缓冲几天，缓过来了就好好上学去，你是你妈的希望。”

这话说着，他眼角有泪滑过，他说：“你妈早就查出来这个病了，但那时是轻症，她谁都没告诉，前几天我发现了她藏起来的药，她这才坦白，还让我不要告诉你，怕影响你。这不，今天她撑不住了，刘阿姨说你妈上班的时候晕倒，暖水壶打破，热水洒了一地，再也瞒不住了。加加，有的事情，瞒不住你的，早晚都要知道，你妈说隐瞒到你高考后，但我觉得没必要。”

他抹了把眼泪，语重心长：“就算高考结束了，你的人生也没有结束，你早晚要面对的。加加，别哭了，你妈希望你坚强。”

我流着眼泪疯狂点头，我说：“夏叔叔，我知道，我什么都知道，我会坚强的。”

他摸了摸我的头发：“加加，坚强可不是嘴上说说那么简单。”

我当然明白。

真正的坚强，挺难的。

我妈的右手缠了好多绷带，因为晕倒时打碎了暖水壶，被热水烫了好几个泡，胳膊上还有被碎片划破的口子，我可以想象到当时的惨状，如果可以，我真的不希望那个当事人是我妈，是我也好。

后来照顾我妈，我才知道，原来她身上的病号服不是肥大，是她最近瘦了太多太多，她却还是安慰我，说她没事，让我不要太担心，很多事情都是能好转的。

但愿吧，我想。

〔Cut 2〕

那段时间为了照顾我妈，也为了调整自己的心态，我整整一周没有去上学。

这突发的状况落在任何一个平凡的家庭里都是灾难，强加在我们身上看不见的压迫感步步紧逼，几乎令人崩溃。

好在我妈的病情还算稳定，再加上我和夏叔叔的照顾，总算是有了点起色。

夏叔叔是一名会计，平时上班维持着生计，一下班就往医院里跑。后来我们商量了一下，这样下去不是个事儿，于是，就为我妈请了位护工。

社交软件上的留言很多，大部分都是问我怎么了？去哪儿了？出了什么事？我没办法一一回复，就只告诉了赵思念一个人。

她有次问我想不想见林南柯，当时我的脑袋里乱得很，想要在里面理出一根关于他的线，努力摸索了半天，找不到头绪。

赵思念看我不说话，可能觉得我不想提及他，没等我找到一个回答，便把这个话题搪塞过去了。

但没去上学的第三天下午，我还是在医院里见到了他。

没有任何巧合，他背着书包，就是专门过来找我的。知道我具体位置的只有赵思念，她心里想什么我再清楚不过，这事也就都说得通了。

我看到他不知道该高兴还是该难过，没见到以前，我在心里想过千言万语，可此时却什么都说不出来。

护工阿姨是个很温和的人，她说：“这里我来照顾就好，你去忙吧。”

医院里来来往往都是病人和医生，不是一个适合说话的地方，于是我俩便去了楼下的草坪。天色已晚，夜幕悄悄降临，在外活动的人也越来越少，如此大的场地显得格外空旷静谧。

他说我头发上有东西，要帮我摘下来，我站在原地不动，他说：“我又没毒，你离那么远干什么？”

话音刚落，林南柯突然把手伸过来拉我，我对这动作毫无防备，踉跄着向前趴去，正好撞在他的胸膛上。

一定是身高原因，使这突然近距离的接触像是拥抱似的，我慌乱地躲在他怀里，连头都不敢抬一下。

气氛诡异，都沉默了半晌，林南柯轻轻开口：“其实我不知道该说什么，但我觉得，你应该需要一个人陪着你。”

我往后退了几步，让我们之间隔开了一个安全的距离，半开玩笑道：“事发突然，你不是来看我笑话的吧？”

“你说什么？”他眼神多了几分愠怒，“在你眼里，我是这样的人？”

“不是……”我从来没有这样自卑过，好像有某种东西在心里炸开了，原本洁净的角落，突然蒙上了一层灰尘，“我只是觉得，你可能会看不起我。”

“我有什么理由看不起你？”他突然大声道，仿佛听到了什么笑话似的，“换作是我的话，我可能已经崩溃了，还不如你现在这样。”

我不说话，坐到长椅上，低着头，看着脚下的草坪。

林南柯拿出一盒巧克力递给我，他说路上特意买的。

我没接，他尴尬了一会儿，最后把东西放到了我手边。

天黑了，星星越来越耀眼了。

“林南柯，夏叔叔是我后爸。”我说，“你应该也挺好奇的，为什么我一直喊他叔叔，但是他对我挺好的，比亲爸还好。我读小学的时候，我爸我妈就分开了，一直是我妈陪着我。

“我妈是个很要强的女人，说话不好听，脾气也很暴躁，但是我能理解她。因为我妈刚离婚的时候，在姥姥家受尽白眼，他们说我妈是扫把星，嫌我妈是个累赘，有一次他们把她的衣服都扔出去了，把我也关在了大门外。那天太阳挺好的，我一个人蹲在生锈的大门下等了很久，最后等睡着了我妈才回来。她为了我，和舅舅、舅妈打了一架，最后我舅舅用擀面杖把她头打破了，去医院缝了三针。我妈怕我再受到伤害，就带我出来住了，后来她遇到了夏叔叔，也算是幸福了。其实我很早就知道生活不是一件容易的事儿，也知道现在的自己该做什么不该做什么，但我妈在啊。”

我抹了把眼泪。

“你能明白那种，不管你做什么，哪怕是你在外面闹翻了天，总有一个人帮你收拾烂摊子，帮你撑起整片天的感觉吗？我妈突然倒下了，我不知道夏叔叔会不会离开我们，我不知道还会不会有人帮我出头，会不会有人无条件地对我好，林南柯，我太害怕了。”

我的眼泪有点止不住，那时候其实真的不想哭，可情绪上来，我左右不了它。

我也不知道我为什么和他说这些，可能是夜幕星空的气氛，可能是憋了好多天的压抑感，也可能是对他的信任。

总之，说都说了，不必再在乎什么面子不面子，忍不住干脆也不忍了，我直接捂住脸放声哭。

林南柯扶住我的肩膀，劝我不要想太多，医生不是说可以控制吗。

是这样没错，但是心里那道防线突然间就被打破了，安全感荡然无存，没来由地让我触碰到了孤独和恐惧，在阳光下生活时间久了，就特别害怕再重新看到黑暗。

他轻轻拍打我的后背，十分认真地看着我的眼睛："别哭了别哭了，以后我妈就是你妈，我把我妈给你，你妈也是我妈，我和你一起照顾。"

……

这话听着像武侠小说里的台词，我很感动，向他表示感谢，并许诺下，等这事过去了，选个黄道吉日就和他拜个把子。

好兄弟，一辈子！

一周后，我妈情况还算稳定，在她的督促下，我就回去上学了。

到了学校免不了有好事的同学问我干什么去了，我不会撒谎，只能说家里有事。他们不饶人，却还在一直追问，恰好林南柯过来解围，让他们哪儿凉快哪儿待着去了。

林南柯问我心里有没有什么别的想法，我没深究他这话是什么意思，就说自己目前只想好好学习考一个好大学。

他说："那我帮你。"

我惊讶地望着他。

林南柯见我这样突然笑了，一边的嘴角勾了勾，懒洋洋地说：“反正我帮你也不是一次两次了，人情记好了，以后慢慢还。”

他十分含有耍帅成分地坐我桌子上，一屁股把我水杯挤到桌子底下去了，我拿着课本准备敲他，他赶紧躲开，边躲边说：“好汉不还手。”

“好汉屁股才没那么欠儿！”话音刚落，他一溜烟跑到门外去了。

大家依旧打打闹闹，一起讨论新衣服，讨论《海贼王》最新的故事进展，讨厌做不出来的题，或者讨论隔壁小胖喜欢哪个班的姑娘，谁又给高三的学姐递了信。

世界不会因为一个人伤心就停止运行，一切都照旧，好像令人难过的事情并没有发生过似的。

林南柯说到做到。

如果以前只是帮我做做笔记，那么现在就认真很多了，并且还诚挚地邀请我去图书馆学习。

不蒸馒头争口气，我妈的事一闹，我脾气也收敛了不少，知道该努力了。

每到放学，林南柯只要没什么事就会喊我去图书馆刷题，我的基础本来也不差，时间久了，有几类数学题型已经掌握。

周小喃学习成绩也一般，听说林南柯给我辅导之后，猛地一拍大腿：“对啊，免费的家教，不花钱啊，我怎么没想到！”

然后，她坐到林南柯旁边，大概是因为有求于人，语气和刚刚不同，瞬间绵软了许多：“班长，你教一个也是教，教两个也是教，要不然我放学也去图书馆吧？”

那声音听得我一个女生都快酥了，回头来看热闹的前桌看向我，让我家教严点，不然就被别人领走了。

我听得一头雾水：“什么就领走了？”

他摇摇头，转过身看书去了。

什么啊，话说一半够难受的。

我再次回头，偷偷瞄他俩，却不料正好和林南柯对视上，他的眼神里有着说不出的意味深长。

这眼神对视久了，容易浑身起鸡皮疙瘩，我赶紧低头做题，但耳朵还是不自觉靠过去。

周小喃说：“我也有点基础，不会太麻烦的。”

林南柯冷道：“这事我得向上请示一下。”

“请示？”

“年加加。”

偷听别人讲话突然被叫到，演出不心虚的样子还挺难的。

“啊……啊？”

“别装了。”他毫不留情地戳穿我，“麻烦你下次假装做题的时候把笔帽摘下来。”

我：……

他问我愿不愿意带周小喃一起。

我承认自己不是一个大度的人，要不是当着这么多人面，我肯定河东狮吼，把闲杂人等喷得六亲不认。

我虽然时常丢人，但也死要面子活受罪，只能笑呵呵地表示多个人热闹。

林南柯死追着我不放:“你就算说不愿意让她去也没关系的。”

可闭嘴吧，再讲下去我就要说实话了。

〔Cut 3〕

说实在话，周小喃挺烦人的。

这是她跟了我和林南柯一周后总结出来的评价。

这位柔弱大姐在抢座的时候仿佛肌肉萝莉附体，直接一屁股把我拱了出去，笑嘻嘻地对我说：“加加，我今天有整整一张试卷需要班长帮我讲讲，你就先委屈一下，坐对面哈。”

这个借口已经用了三天了，什么试卷啊？都快讲烂了吧？

周小喃总是要求坐到林南柯的身边，讲题的时候头都快凑到桌面上去了，那劲头恨不得把自己的脸变成密密麻麻的试题。

第二天，她还是用了同样的借口把我赶过来，我还没说什么，林南柯先不乐意了，他把卷子拍在我面前，吓得我不轻。

“年加加，这卷子上的题你都会，你给她讲。”

我这就出师了？

我只是心无旁骛，但我又不是傻，周小喃努力了这么久，要是再看不出来她什么意思，我就该回炉重造了。

夺人之美这事做起来不厚道，我推辞着：“班长……不好吧？”

周小喃也急忙接话：“对啊，万一教错了……”

哎？怎么还挑三拣四上了？

我这暴脾气刚想和她理论几句，林南柯抢先一步，用笔敲着桌子：“教错了正好你俩都长长记性。”

我看着卷子，心里十分不乐意，人家一次又一次地凑上来，林南柯应该也懂什么意思，非要拿我做什么挡箭牌？

强行介入别人的感情是没有好下场的，活生生的例子都摆在电视剧里，我是一个怕麻烦又胆小的人，周小喃看起来柔柔弱弱的，但是总带着股莫名其妙的绿茶劲，万一为爱痴狂再做出什么伤害我的事情。

我心里嘀咕着，看卷子就心不在焉了，林南柯敲了好几次桌子我才反应过来。

他戳我脑袋：“不好好做题你想什么呢？”

“我觉得自己不够绿。”

“绿？”他哭笑不得，“想都别想，你不会绿的。”

我对他的说法表示质疑，但是懒得和他吵，便不再吱声。

过一会儿，林南柯又问我：“对了，上次给你买的巧克力好吃吗？我一会儿再去给你买点？”

我赶紧望向周小喃，她脸色不太好看，我们目光相撞的时候，她佯装无事地笑笑，看似又把注意力转移到了书本上去。

我对林南柯使眼色，他却突然间起身，隔着桌子凑过来，双手扣住我的头，认真打量着：“你眼睛怎么了？”

我一边往后躲一边说没事，想把他的“爪子”拿开，哪知长得高就是有优势，我费劲扒了半天，那两只手扣在头上连地方都没挪。

他冷声道：“你别动。”

我也动不了啊。

“我给你吹一下。”

我警告他：“别把口水吹我眼睛里。”

“我有那么硌硬吗？”

“你对我干的硌硬事还少吗？”

他动作停下，近距离与我对视，痞笑着：“你倒是说说，我对你做过什么硌硬的事。”

我瞬间失神，他的呼吸炽热，喷在脸上让人脸颊发烫。

不行不行，我赶紧伸手去推他。

“离我远点。”

周末上午约了赵思念出来逛街，我问她和郑繁星的事，她说了句别提了，就真的没再提一个字。

我跟她讲了周小喃，她分析道：“你这一次眼光确实没问题，这姑娘有点绿茶。”

“那怎么办？就算林南柯是我死对头，我也不能眼看着他往‘绿光’里跳。”

赵思念在前面走着走着，突然回过头来看我，一脸惊喜：“哟，榆木脑袋开窍了？”

我想都没想，顺着她的话接下去：“那当然，总不能一直什么都不懂吧？林南柯要是真和她早恋的话，真的有点危险，绿茶是什么，绿茶就是绿啊，说不定哪天就创造出一片呼伦贝尔大草原，让林南柯顶在头上，想想那画面，真美。”

“那你打算成为他的拯救者了吗？”

我点点头：“嗯……所以我一定要帮他把周小喃从绿茶变成茉莉花茶。”

赵思念满脸嫌弃地告诉我："那你就是铁观音。"

"普度众生吗？"

"六根清净。"

高三的生活也挺难的。升了高三，孙老师对我们没那么严格，毕竟特殊时期，学生心理压力大，据说隔壁学校还有一个压力过大得了抑郁症，办理休学了。

我听了，回头怼了林南柯一句："你别死，你要是死，也要等到毕业后再死。"

他使劲踢我的凳子，愤恨道："放心，我做鬼也会缠着你一辈子的。"

我同桌只听到了那个一辈子，还以为我俩偷偷在宣什么誓，冲我俩暧昧一笑，让我掉了一地的鸡皮疙瘩。

为此，学校特意开了动员大会，还多放了几天假，回来之后，大家只把人带回来了，脑子依旧停留在假期里。

有人在课堂上和孙老师嬉皮笑脸，说这叫永远定格在假期的青春。

对于我来讲，学习的日子更为残忍，我的身高达不到跳高的标准，所以为了安心朝一个方向努力，到了高三我也就放弃了。可平时表现差的我早已经成了享乐主义的阶下囚，再想回头是岸也挺难的。

于是，前一天晚上因为背题睡到很晚的我，早自习成功被大家的催眠声催睡着了，再睁开眼，映入眼帘的，首先是孙老师的脸。

他轻声问我：“你醒了？”

我以为自己还在梦里，吓得站起来，拽着林南柯的衣袖，连哭带号：“林南柯林南柯！你快打醒我，做梦都能看到老师，这太吓人了！”

最后孙老师用课本敲醒了我。

据不说话就能憋死的八卦小天使——我同桌说，当时我睡得可香了，孙老师进来之后走了一圈才看到我，然后伙同语文老师一起给我唱了首《摇篮曲》。

林南柯笑话我，让我抽空再给自己算算运势，最近倒霉的程度有点直线飙升，他都害怕我出门掉井里。

我没有收下他的关心，这小肚鸡肠的班长就记在了心里，等到了我问他题的时候，他就故作姿态，指着课本说：“讲过多少遍了，我觉得你应该会了，猪要是像你这样，它都迫不及待上餐桌。”

可我觉得我就是不会，前面步骤都写对了，到了最后算结果的时候，错得那叫一个离谱。

林南柯并不听我狡辩，直接留了句“我不要你觉得，我要我觉得”断绝了我所有的后路。

这是什么霸道发言？

他不让我控诉，我憋在心里的话就说不出来，话说不出来，我就只能一个人坐在课桌前生闷气。

他下课出去回来，见我还在座位上，嘲讽道：“哟，还在这儿不满意呢？”

我不讲话。

他拿过我的试题，找出草稿纸，似乎十分无奈。

“听好了啊，我再给你讲最后一遍，就当是做做公益了。”

“你少在这里跟我胡说八道，你等着，我一定能跟你水平相当，考上同一个大学。”

“那说好了，就算考不上同一个大学，考同一座城市也行，否则我可没机会看你笑话了。”

我正在怒气头上，一口应下：“没问题。谁看谁笑话还不一定呢。”

他同桌突然插进来，眯眼笑看着我，说：“年加加，你真可爱啊。”

我承认我可爱，但光是可爱还是不够，我必须要成为能甩林南柯十条街的暴躁女生。

那一年，成绩提高，我妈情况越来越好，夏叔叔升职，一切都在往更加美好的方向发展，春天就要来了。

〔Cut 4〕

人们喜欢把知识比作海洋。

小学写作文的时候，大概都是什么“在知识的海洋里遨游”，长大后才明白，知识海洋不仅能遨游，还能淹死人。

我埋怨着学习这事好难，心想着赵思念毕竟是好朋友，肯定会说几句好听的话安慰安慰我，然后我信心倍增，一时兴奋说不准就能把整套考试题写完了。

但赵思念并没有给我这个机会，她说：“你自己选择的路自己跪着也要爬过去！”

一听这么惨烈，我也完全失去了学习的兴致，趴在桌子上思考未来的人生方向，随手拿起她的练习册，且不说比脸还白，撕下一页页粘起来，说不定还能画个清明上河图。

想起赵思念平时说好好学习天天向上，可谓壮志凌云，那架势看着分分钟都能冲上北大，结果没想到这还是个嘴炮玩意。

她看我拿她的练习册，不好意思地笑笑，解释说这是新买的，还没来得及写字。

“呵呵，但愿是。”

她狡黠一笑，问我最近和林南柯补课补得怎么样。

如果不是耳朵还算正常，我看着赵思念的表情都要以为我们两个不是去学习，而是做了什么见不得人的勾当。

这话题突然提起来，我又想到周小喃腻腻歪歪的样子，顿时觉得糟心窝子，试图把注意力转移到试题上去。

我指着自己垂下来的一根头发，十分认真地问这像什么。

她瞅了半天，告诉我：“这像一个神经病患者的自我陶醉，不就是根头发吗？”

我手指顺着头发的弧度描了一遍：“你看，这像不像抛物线啊？”

她使劲瞪我，用笔戳我的脑袋：“你这要学傻了啊，少转移话题，我还不了解你？快点，你们两个进行得怎么样了？”

我要怎么向她解释我俩之间什么事都没有？

赵思念似乎看穿了我，先撂了句：“你不要在这里给我胡说八道啊，我要听真话。”

她已经打了预防针，我就把那句“这要从宇宙洪荒说起”咽了回去。

“真话就是，怎么把周小喃这块牛皮糖从林南柯身上扒开？

我都快被这位大姐持之以恒的精神所打动了。”突然间想到了什么，我低声说，“哎？林南柯该不会性取向有问题吧。”

赵思念整个表情都纠结起来：“我看是你脑袋有问题。”

不得不说，周小喃这块糖真的挺黏人的，而且脸皮还厚。

我必须要说明一下这里的脸皮厚并没有骂人的意思，相反在我心里是一种褒奖，这人要脸树要皮，如果一个人为了自己的目标连脸皮都不要了，还真的挺……挺大无畏的。

因为林南柯在图书馆给我吹眼睛那事，周小喃已经一个多星期没搭理我了，可惜这位朋友在心里把我当成了她的假想敌，不然我还真要向她学习一下这种持之以恒不择手段且屡败屡战的绝妙精神。

学习上要是有这劲头得多好。

大概有些人天赋异禀，只是不是用在学习上的，在我们看不到的地方，把他们特别的实力发挥到了极致，比如周小喃，就可以叫她恋爱小天才。

回家路上，林南柯听了我这番对别人的称赞后，说我做正事没本事，胡说八道倒是一套一套的。

那我是不是就可以理解为，我的天赋在胡说上？

他用手晃晃我的脑袋，我问他干什么，他表示要把我脑袋里的水晃出来让我清醒地做个人。

我一时无言，果然狗改不了吃屎，该怼的还是怼。望着林南柯高大的背影，我心想这人长得真不错，怪不得学校那么多女生喜欢他，各方面都出众，怎么就不是个哑巴？

林南柯说话有点靠谱。

那次在医院里，我倾情诉说后，他曾说过“我们一起照顾你妈”，本以为只是句安慰的话，没想到他还真的来了好多次。

我妈这个病又不是绝症，后来自己能自理了，林南柯就坐在床头，帮她削苹果扒橘子。

我还以为他做事情多利索，结果没削两下，先把自己手指头割破了。我妈身为一个做过护士的病人，从病床上爬起来给他包扎了。

可真是够好意思的。

我妈说：“你怎么不小心点。”

他笑道：“阿姨，没事，一会儿就不疼了。”

我一边倒水一边插话：“你活该。”

“加加，怎么说话呢？”

我噘噘嘴。那两人聊得火热，上至盘古开天地，下至未来二十三世纪，这太抽象了，我根本就没办法插足，正准备抱着杯子躲边上坐着去，林南柯突然叫我。

“年加加，你看我的手指头破了，能不能帮我也倒杯水？”

“你另一只手没破。”我看着他的右手，“还好你割的是左手。”

他表情微微一变，突然咳嗽起来。我没懂他什么意思，心里觉得莫名其妙，坚强地把话说完：“要是右手的话就不能写字了。”

林南柯表情突然缓和了。

什么嘛？我云里雾里。

他让我快点倒水去，这次的物理作业可以辅导我。

我说我不，我自己可以完成。

他表示当着阿姨的面，就不能给点面子。

我说我妈不是外人，要什么面子。

这时，我妈看不下去了：“少废话，给他倒水。”

我：“好嘞！”

我什么困难都能克服，除了我妈。

最近学习生活都挺平稳，我以为我高三了，水逆这事也放了我一马，但没想到还是太年轻，人果然不能沾沾自喜，否则倒霉的事必定上头。

我妈生病，我有时候早上来不及吃早饭我就往学校跑，路上来不及买东西，只能课间偷着去学校超市买点小零食。

问题就出在这些小零食身上，上课肚子咕咕叫，偏偏老师还停止了讲课，让大家自己做题。

空气突然安静，我实在是害怕左右邻居听到这不合时宜的声音，于是打算偷偷吃两口垫一垫。

万万没想到化学老师戴了眼镜就是不一样，很快就盯上了把头塞进课桌偷吃的我。

“年加加，你干吗呢？”

我吓了一跳，赶紧住嘴。

脚步声逐渐靠近，像是宣告着死期一样。

化学老师说：“干吗呢，出来。”

我晃了几下，有点尴尬。

林南柯这时候还在后面踢我凳子。

化学老师：“年加加，你这是玩的哪出啊？学鸵鸟？”

隐约听到同学们的议论声，我心里更着急了。

好不容易把嘴里的东西咽下去，我几乎是哭着喊出声：“老师！救救我！我头卡在里面了！”

事情的最后，大家各显神通，帮我拔了半天都没把头拔出来，差点没把我这个当事人给折腾死，最后只能叫消防来卸桌子。

等消防员的过程中，林南柯还嘲笑我：“你也太傻了，我还是第一次见你这么蠢的。”

就连消防员也被我逗乐了，他一边拆桌子，一边夸我是个人才，这是他做消防员三年以来遇到过的最好笑的事，问我出来后可不可以给他个签名。

我纳闷为什么，他说：“你必火。”

果然，我一战成名，包括高一高二的学弟学妹都略有耳闻：高三一位学姐因为上课偷吃，头被卡在了课桌里，最后找来了消防员。

学校还特意为大家做了一期校园安全知识专栏，里面重点写到了不要低估头的尺寸，也不要高估课桌的大小。

我用自己的实际行动告诉大家，做人要小心，偷吃需谨慎。

本以为这事得召开我的专属家长座谈会，谁知道孙老师只是批评了我一顿，让我以后有问题跟老师说，不要再干这么缺心眼的事了，人没事就好。

说几句实话，缺心眼的我听了孙老师这番温情的话还有点感动。

第八章/微妙关系

XIHUANWO,
NIPALEMA

〔Cut 1〕

我越来越怀疑自己拥有的不是占星师的天赋，而是乌鸦嘴的传承人。

我念叨孙老师的好没念叨几天，他就因为修多媒体设备从凳子上摔了下来。

那凳子不算高，可是孙老师站上去的时候毫无防备，甚至还抬着头找线路，凳子腿就跟故意作对似的晃了两下，然后一条腿“咔”的一声就断了。

与这清脆的断木声相匹配的，就是孙老师的哀鸣和全班的哗然。林南柯是反应比较快的，看到凳子腿松动就赶紧跑了过去，结果还是晚了一步。

我看着摔得四仰八叉的孙老师暗自腹诽，一开始修多媒体这事该是班长来干的，孙老师进门后，非要让我们这群小兔崽子开开眼，看看一位功成名就的理科生是怎么通过物理知识修电路的，结果岁月不饶人，再多的知识也填不满一把老骨头。

这一摔不要紧，人还能喘气，就是躺在地上动不了，全班都傻了，最后林南柯拿着孙老师的手机打了 120，把孙老师送进了医院。

这一去就是大半天，班级没人管，后面贪玩的同学快翻了天，到了下午大课间。我正趴在桌子上补觉，就听到八卦小分队开始议论这事，说老孙摔得挺严重，一时半会儿回不来了，再加上快要高考，让语文老师带班到我们毕业。

我听了一耳朵，半信半疑，迷迷糊糊又睡过去了，结果再睁开眼，就看到语文老师站在讲台上，我差点以为自己在梦里。

孙老师在我们高考前肯定是回不到工作岗位上了，全班同学商量了一下，最后决定凑钱买点礼物，去医院看看他。

林南柯在这事上还挺有领导能力的，让人刮目相看。其实除了嘴贱点，他其他地方还挺不错的。

我同桌说那哪是嘴贱点啊，他那是只对你一个人嘴贱，而且给林南柯递信的人可不少，让我好好珍惜。

我赶紧甩锅："我们只是朋友而已，你别听他们瞎传。"

"那可不见得，你没发现林南柯对别的女同学都爱搭不理的吗？"

"没发现。"我实话实说。

他"嘁"了一声，回过头继续忙他的漫画去了。

计划着周末去看孙老师，就要早点做准备。

当然，也有不愿意过来的，自己不想花时间花钱也就算了，还煽动别人说："孙老师这事学校肯定管，我们操什么心，估计人家躺在病床上吃香的喝辣的，早把我们忘了。平时他可没少找我们麻烦，我还希望他永远都起不来呢，浪费那感情？还是省省吧。”

他说话声音很大，整个班都能听到，我回头看了看面无表情的林南柯，心里五味杂陈。

我奉行的原则之一是忍不住就不忍，于是我回他一句：“你人不过来可以，份子钱到位了也算是表达了心意。”

对方气焰突然降了下去，没正面回答我，喊了声“班长”，等着林南柯表态。

我心想林南柯可别拆我台啊，就听他说：“年加加说得有道理。”

“可我妈已经很久没给我零花钱了。”对方见要赖不成，又开始卖惨，“我妈最近没了工作，生活挺困难的……”

给孙老师买的礼物不贵，平均下来每个人也就五块钱，为了这点钱在这里卖可怜，我觉得他这个人都不值五块钱。

我脾气上来，没好气地冲他嚷：“孙老师再怎么样也照顾了我们三年，也是为了我们才住院的。他平时对我们怎么样大家都知道，你也不傻，但是我没想到你是这么狼心狗肺的人，我们怕的不是缺你那点钱，我们怕的是你缺良心。”

他也急了，脸憋得通红：“年加加，你放什么屁呢！你是干什么吃的？在这里多管闲事，你别以为仗着班长在我就怕你，我警告你管住你的嘴。”话说着，他似乎想要动手，起身就冲我过来。

林南柯突然侧过身，把我往后一拽，直接挡在了前面，死死地盯着对方，语气不急不缓：“筹钱也好，去看孙老师也好，都是自愿的。每个人理解不一样，有人珍惜这三年的缘分，有人觉得孙老师还不如充游戏币重要，可以选择沉默，但是请不要诋毁。”

对方哑口无言。

后来，林南柯跟我提这事，说我讲话的方式有问题。

“你从一开始就该说明，什么都不做也可以，请不要诋毁孙老师。你倒是好，说钱到位就可以，显得跟道德绑架似的。”

我说：“那你还点头附和我了呢。”

他表示：“我那是怕你被人骂死。也就我理解了你的意思，不帮你的话，你可就以一敌众了。”

这么说来，他批评我，我还得感谢他？

周末一群神秘势力出动，把孙老师所在的病房围了个水泄不通。

来查房的护士看到我们都吓了一跳，一边检查一边纳闷：“你们这是新文化运动？”

说明来意后，她表示大家的心是好的，但是病人刚动了手术，最好是多休息，我们匆匆问候几句就离开了。

不过孙老师有一句话让人印象挺深刻的，他说马上就要毕业了，他不在的时间里，一定要多注意，千万别惹事，然后好好学习。

还是老意思，我们点头一一应下。

但孙老师还说：“换汤不换药。好好学习好好做人你们从小听到大了，但是老师还是要说，脱口而出一句话太简单了，很少有人会仔细去想话中的含义。我必须好好教育你们，你们这帮孩子其实就是没长好的盆栽，总得给你们剪剪杈，才知道自己该往哪个方向长。”

说完，他特别意味深长地看了看我和林南柯，也不知道是不是我多疑产生的错觉。

出了门，同学们各忙各的，我们本商量着待会儿去哪儿玩。林南柯比较扫兴，他表示既然大家闲着，不如一起去图书馆做题吧。

我觉得该把这人扔到战争时期去敌方做辅助，每当敌人胜利了开庆功宴，他就及时出现，告诉他们其实是大梦一场空，一盆冷水泼下来，时间久了，敌人不仅心态崩了，说不定还会由于水泼多了得中风。

不去做卧底真是可惜了。

赵思念说：“要不我们去河边挖土吧？”

郑繁星突然点了点头，我瞪着那两人，在风和日丽的日子选择挖土，面对这种绝妙的馊主意，除了有病以外再也想不出第二个词了。

犹豫就会败北。

比起被人拉去做题，我宁可有病，所以毅然决然地答应了。

病入膏肓，不必救我。

后来才知道，赵思念这个人跑到河边来是有目的的，她抓着自己掉下来的几根头发，挖了一个坑，说要埋进去。

也不知道她在哪儿听来的许愿方式，在有心上人陪伴，而心上人却不知情的情况下，把自己的头发埋在河边许愿，就能和心上人永远地在一起。

我听了反倒是觉得像鬼故事，莫名地惊悚。

我看着赵思念一点一点挖出一个坑来，又小心翼翼地把头发放进去埋了，突然想起一个典故：黛玉葬花。

黛玉就算了，我觉得她像程咬金。

古有黛玉葬花，今有思念为心上人葬发。

妙啊。

林南柯更幼稚，坐到我旁边，从我衣服上捏死一只蚂蚁，装模作样地哀伤半天，说自己杀生了，注定做不了“连蚂蚁都没捏死过”的人，然后拉着我给它做土葬，一起给蚂蚁也挖了个坑。

我得庆幸他还好没说火葬。

林南柯埋完了，回过头，深情款款地对我说了一句：“这是我们两个送走的第一个生命。”

我忽略他让人毛骨悚然的眼神，心想也对，人生第一次都值得纪念，所以为了庆祝人生第一埋，我决定请大家喝饮料。

现在回头想想，除了觉得当时自己是个二百五，还觉得惨死的蚂蚁也挺可怜的，无缘无故被杀了不说，死后还被一群人庆祝。

〔Cut 2〕

高考在即，墙上贴的高考倒计时每天都在更新，每个人心里的想法也在改变。

高考前一周拍了毕业照，老孙为了这事还特意坐着轮椅过来。林南柯身为班长，站在最后一排的正中间，而我身为全班最矮的，蹲在了第一排的正中间。

拍毕业照的时候要求统一着装，所有人都穿了夏季校服，我们的夏天也从轰轰烈烈地开始，直到现在莽莽撞撞地结束。

赵思念说时间太快了，想想刚入学的时候，那时候还满怀着对高中三年的憧憬，现在一转眼，大家都成年了。

我还没来得及陷入这无可奈何的感伤之中，问题就来了。

我这人看起来挺没心没肺的，但心理素质真的不太强，最怕的不是别人给予压力，而是自己给自己施加压力，于是，在这兵荒马乱的高考前，我考前焦虑了。

当我开始背什么题都烦躁，难以静下心来的时候。林南柯率先意识到了这个问题，让我放轻松，然后每天放学带我去小河边走走。

我那时候挺害怕的，甚至想干脆不去参加考试了，只要我不去，这条命运的汪洋就不会淹没我。

这想法说出来，林南柯差点没把我从河边推下去。他有点恼怒，说："你怎么知道那是汪洋？万一就是小水沟呢。"

我表示不用安慰我了，他还是说："高考不就是收麦子吗？辛苦种了三年，长得又好，你怎么就不敢收了？"

这话听起来让人挺感动的，感动之处在于，他说我的麦子长得不错。

我这人耳根子并不软，但他每天几乎都在尽全力地帮我赶走烦恼，如果说心里不动容，那是假的。

赵思念还特意提过这事，表示郑繁星如果跟林南柯似的，那她做梦都不愿意醒过来。我说我们只是普通的朋友关系，赵思念不屑："谁信啊。"

不管她信不信，反正我们两个当事人问心无愧。

这话在心里念叨完，我就发现不是那么回事，问心无愧谈不上，想占点便宜倒是真的。

考试大关即将到来，每个人都不容易，赵思念更是临时抱佛脚，不止一次吐槽自己学得脑子疼，还问我：“林南柯有没有告诉过你，吃什么东西补脑啊？”

我想了想，回她两个字：吃亏。

考试前几天，全校停电。

当然，为了给我们空出考场，高一高二的学弟学妹都回家享受自由去了，只剩下一群即将接受命运制裁的高三学生。

这一停电，晚自习就没法再继续上了，谁都无心学习，林南柯难得高抬贵手，干脆不管了，大家便组团坐在一起，聊天吃零食。

我同桌提议玩“真心话大冒险”，加上林南柯和他同桌，一共四个人，反正闲着也是闲着，玩点游戏还能缓解考前压力。

这无聊的时候也容不得别人挑三拣四了，如果不答应的话，恐怕还要面对学不完的理综。

当然，更恐怖的就是“背诵全文”四个字。

高中三年需要背的东西太多，考试能考到的范围却不大，我越来越觉得高考像是大海里捞针。

所以怎么想怎么觉得烦躁，我干脆回过头，大义凛然道：“玩就玩，谁怕谁啊。”

狠话谁都会放，但事实并非如此。我出师不利，第一局就输了，掂量半天后选了真心话，于是我同桌问了一个十分不痛不痒的问题：“如果以后别的女生和你抢男朋友怎么办？”

一点技术含量都没有。

我笑笑，松了口气，表示：“能怎么办，毕竟年大锤的称号也不是空穴来风，不服的话，有本事现实碰一碰，保准谁也别想平安度过后半生。”

我同桌扯了扯嘴角：“什么都不说了，给您竖个大拇指以示尊敬吧。”

整个游戏过程，林南柯就跟开了挂似的，不管怎么样输的那一方都不会是他，我正准备看他为难的样子，结果……

结果还真看到了。

我同桌比我还幸灾乐祸，所有人都像是期待已久一样，望着林南柯。

“班长，既然你是班长，那我也就不为难你了。你就说说你喜欢什么类型的女孩吧。”

我能感受到他们落在我身上的目光，我承认自己也挺招人喜欢的，但是当着这么多人的面说出我的特征是不是不太好。

一会儿他要是真说了我该怎么办？假装羞涩还是大方承认？

我心中突然感觉到有什么东西化开了，温温柔柔地，流淌向四肢百骸。

然而林南柯并没有给我得到快乐的机会，就在我对自己有点上头的时候，听他说：“我喜欢肤白貌美大长腿。”

旁边两人皆哗然。

“班长，你这么肤浅啊。”

“班长，平时也看不出来啊。”

……

跟我截然相反？如果不是看他微笑着和别人打趣的模样，我差点就要以为这是在开玩笑。

赵思念的话……有时候也不准。

难过是有的，我更多的感觉是讽刺。

当全世界都以为他喜欢你，连你自己都信了的时候，突然一盆冷水浇下来，把一个刚飞到春天的蝴蝶突然从鸟语花香中拉出来，直接丢进冬天的冰天雪地里，其实是一件非常残忍的事。

没有过分的期待就没有过分的失望。

鉴于停电了，马上还要考试，所以学校安排我们各自回家了。

那几天晚上挺难熬的。

越到了想要好好睡觉的时候，越是彻夜难眠。

高考当天一大早，一开口讲话，我就愣住了。

怎么睡了一晚上……还感冒了？

这对于本来考试就焦虑的我而言无疑是雪上加霜。

生平见过倒霉的，但没见过像我这样倒霉还带赠品的。

别人提起高考，可能会想起那一年努力拼搏的峥嵘岁月，又或者干净的少年和校服，但我不一样，我能想起来的，除了林南柯喜欢肤白貌美大长腿，还有监考老师全程跑上跑下给我送卫生纸擤鼻涕，开创了高考感冒第一人的先河。

自此以后，我的光辉事迹成了树人中学的神话，据说每当要高考的时候，老师们都会提醒大家，千万别感冒，然后把我的事再拎出来回忆一遍，表示你们感冒了，老师跑前跑后挺累的。

本以为没有人再傻得和我一样，但听说后来有位比我还惨的学弟，在考前为了解压吃了冰镇西瓜，第二天考试拉肚子还头晕，没办法只能叫来医生……

可谓是长江后浪推前浪，我这个前浪最终被拍在了沙滩上。

考试结束以后，免不了会谈论高考作文，赵思念一个学文科的，更是对作文敏感，从考场里刚出来就和我不停地叭叭叭。

一路过来，我发现提及高考作文的人还不少，回到家我特意问夏叔叔："为什么大家会坐在一起谈论高考作文，而不是讨论数学或者物理。"

夏叔叔放下筷子，叹了口气："因为，这是我们现在唯一还看得懂的东西。"

高考结束之后，林南柯仍旧来我家凑热闹，夏叔叔和我妈似乎挺喜欢他的，鉴于这种情况，我也不好意思把他撵出去，只是每当我看到他时，总会想起肤白貌美大长腿，再看看自己的小短腿，觉得人生和我开了一个天大的玩笑。

兄弟果然还是兄弟，太适合拜把子了。

〔Cut 3〕

"那后来呢？"

对面的女孩一身瑜伽服，盘腿坐在地上，瞪着大眼睛望向我，眼神里满是期待。

"后来……就没有后来了。"

她说："你骗人，你们两个关系那么要好，怎么没有后续的事情呢。"

我没办法解释，只能说真没有了，后来我们就成了朋友，没有你所期待的故事。

说白了，就是我俩最后真的拜成了把子，没事联系联系，然后继续各忙各的。

小姑娘约莫也就才读大一大二，身上还带着股年轻的冲劲儿，对于这种拥有美好过程却没有美好结局的故事，总是意难平。

从瑜伽房出来，我便接到了某公司 HR 打来的电话，他们说我的简历通过了，邀请我明天下午过去面试。

得到这个消息之后，我便立马给赵思念发了条消息，喊她出来吃饭。

她那边好像在洗什么东西，有哗啦啦的水声，语气十分无奈："大姐，不能再吃了，我再出去大鱼大肉这个月的房租都快交不起了。"

我送她个白眼，结果发现这弱智行为她也不看见，心里暗骂了句真是傻，然后告诉她我请客。

她一听"请"字立马蹦了起来，不过很快又安静下去，问我是不是发财了，能不能让她先抱一抱大腿。

发财是不可能了，发病倒是真的。

"二十分钟后，你家楼下看不见你我就选择离开。"

在吃东西这件事上，赵思念还没输过，她到得甚至比我预期的还要早五分钟，兴奋道："年加加，我想吃火锅。"

"请！"

赵思念表示她已经半个多月都没有尝过火锅是什么味了，来得早不如来得巧，我真是她胃口的大救星。

我敲了敲盘子，有点怀疑上周那顿火锅都吃进狗肚子里去了，她说哪有，压根就没吃过火锅好吗。

“别拿豆包不当干粮，旋转小火锅不是火锅？”

她冲我比大拇指：“你这记性除了正事记不住以外，其他记得都挺清楚。”

我就当她话中的损劲不存在。

饭吃到一半，我妈的电话就来了。赵思念率先看了来电显示，有点幸灾乐祸：“接吧，你躲也躲不过。”

她这话说得没毛病。

我妈可能太担心她一米五五的宝贝肉球被剩下了，从我毕业之后就开始催婚，工作已经一年多了，她也催了一年多。

老人家不知道怎么想的，别人都巴不得女儿能守在家里多陪陪父母，她非要早早把我撵出去，是不是亲生的还待商榷。

“加加，这周末有空回来不？”

一听这话，我和赵思念对视一眼，顿时提起精神。

“妈，我工作忙啊，周末有一个活动，是真的回不去……”

“你少糊弄我！”我妈先急了，打断我，“我听南柯说了，你早就把工作辞了，哪儿来的活动？我看是你的内心活动。”

对面“扑哧”一声，我瞪过去，基本可以认定，赵思念就是传说中的塑料姐妹情。

我妈那边还没等我接话，又接着说：“周末回来吃个饭，你赵阿姨给你介绍了她外甥，听说是考古队的，一起吃个饭，交个朋友。”

躲肯定是躲不过了，我心烦意乱，只好先答应下：“知道了妈。”

林南柯这个嘴也是一绝，好听的话就跟他嘴八字不合似的，损人打小报告这种事从来都没落下过。

挂了电话，我开始感叹自己命运的多舛。

赵思念却道：“林南柯这么关心你？”

“他那哪是关心我啊，他是见不得我好。”

“你也不好啊。”

我：“……”

“不过话说，你和林南柯有没有可能？当初上学的时候，那可是传得沸沸扬扬的，整个学校都知道你俩的绯闻。”

这话问在了心窝子上，有没有可能呢？

毕业之后，我们的关系仍然没有任何进步，依旧保持着之前的不温不火，林南柯就像是真的把我当成很要好的朋友一样，从来没有过分的逾越。

但我妈说了，我是一个女孩子，即使心里再怎样渴望拥有爱情，也不能莽撞行事，主动送上门去的都不会被珍惜。

我那时候还拿自己当宝贝，觉得我妈说得可中听了。

后来，我如愿以偿地考到了和林南柯同一座城市的大学，两所大学都是本科，只不过我的学校主要是师范类，大学离得也很近，四舍五入就是正对门，计划着以后如果真谈个恋爱也挺方便的，可是四年到头来，他都没有给我这种机会。

我不是一个擅长主动的人，尤其是对于爱情这事，强扭的瓜不甜，如果对方不主动提出的话，生怕自己迈出那一步给别人添了麻烦，宁可在心里默默地惦记着，也没办法鼓足勇气。

尤其是那一次他说了那句肤白貌美大长腿，我更加肯定这人就是上天派来错过的。想想这些年来，我说拜把子他都同意，肯定是没感觉了，不然早就来表白了。

该收回的想法要及时收回，千万别让自己尴尬，让别人也尴尬。

其实我挺羡慕赵思念当初对郑繁星的持之以恒的，但是也只是羡慕而已，我不行，我尿。

大学四年，我和林南柯也就这样以最熟悉的朋友关系相处了四年，学校宿舍太吵，我妈当时还想为我俩在校外租一个房子，被我果断拒绝。

我妈又不是我妈了，平时教育我要和男孩子保持距离，现在又亲手把我送进狼窝里与狼共舞，可真有她的。

和我提提也就算了，关键后来林南柯也知道这事儿，特意跑过来问我要不要出去租房子。为了展现我的矜持，我犹豫着说：“不了吧……”

他说那好的。

好歹也劝劝我啊！别把天聊死不行吗！

诸如此类，数不胜数。

有一次林南柯来我家，我妈说起这事来毫不避讳，直接就问：“加加，南柯，你们两个打算什么时候开始恋爱模式？”

这也太直接了？我装作听不懂，说我内心还小，没这个打算。

我妈说没关系，不管是你的灵魂还是肉体，都可以让人亲手带大。

林南柯只是笑笑，让我妈不要为难我，说我读了大学之后更用功了，成绩挺出色，应该把心思放在学习上，其他事暂时先不要考虑。

我这一听心顿时就拔凉拔凉，林南柯恐怕是个单细胞生物。

林南柯的嘴跟开过光似的，前脚刚说完，后脚期末考试，我就拿到了本学期的奖学金，其实没什么技术含量，专业是动画设计师，看动漫看多了，期末考试随便画画一合成就出来了。

林南柯听完我的描述，目瞪口呆。

他仅仅是愣了几秒，就说：“以前看不出来啊，没想到你在这方面还有天赋，果然人不可貌相，还以为你除了跳高什么都白费呢。”

话说到跳高，我就难以言喻，跳高运动员对身高是有要求的，而我不行，注定是一辈子都没有办法完成的梦想。

为了弥补这一遗憾，所以大学的四年，在身边的所有同学室友都在忙着搞副业谈恋爱时，我专攻专业，希望跳高的意难平，能在其他地方被填满。

当然，我不愿承认，更多的是对林南柯的意难平。

我室友曾经也想给我介绍男朋友，但是都被我拒绝了。她们以为我是个不近男色的人，在看到林南柯约我吃饭的时候下巴惊得都掉了，回宿舍就是一通“严刑拷打”。

故事讲了一遍又一遍，那些美好的记忆在我脑海里，明明也在他脑海里，可惜，爱情这种事，只能用缘分和看对眼这种无逻辑概念形容了。

毕竟谁也说不准。

〔Cut 4〕

赵思念吃饱饭，话也多了起来，问我：“知道林南柯最近干吗呢吗？”

我摇头。

“你们两个还是好朋友呢，怎么这点事都不知道？”

苍天在上，谁说是好朋友就一定要什么都知道？

林南柯也是一个成年人了，做什么事情没必要向我汇报。

大学四年都是这么过来的。

不知道今天犯了什么病，我满脑子都是上学那点事，赵思念还在我耳边不停地吹耳旁风，一会儿林南柯长得帅，一会儿林南柯品行好。

最后临走前，她神秘兮兮地凑到我跟前说：“年加加，你不是会占星吗？那你算算你的桃花运这几天会不会来？”

我的桃花？估计被月老摘下来酿桃花酒去了。

大学四年，别说林南柯没怎么搭理我，就连个像样的男孩子我都没有遇到过，生活好难。

第二天下午，我按照那个公司给的地址去面试，应聘的职位很简单，就是普通的客服。

作为对生活挣扎失败的人来说，我已经放弃了任何动脑的工作，管他钱多钱少，只要饿不死就行已经成了我的人生宗旨。

赵思念劝我，你做动画技术挺好，跑去做什么客服，人才浪费。

我这叫烂泥扶不上墙，她再怎么说就是油盐不进。

到了公司，负责招聘的HR据说被老板派出去拿什么资料了，所以那位招待前台表示：“来得早不如来得巧，今天我们老板也在这儿，说要亲自面试你。”

她一副对我受到了大恩宠钦羡的样子，一点都没关注到我已经黑成包工的脸，如果做表情包的话，我现在的配字就是：老天爷救救我。

满怀忐忑的等待过程中，我恨自己为什么接到面试邀请的时候，不再仔细看看这公司的资料，我乐观随性的人生态度又一次把自己给坑了。

结果当前台接待把“老熟人”请出来，向我介绍这位就是公司老板的时候，我整个人震惊到不能自已，顺口在心里骂了句脏话。

林南柯穿得人模狗样的，坐到我面前，正色道：“你就是来应聘客服的年加加？”

我反应还算快，把这事从脑袋里快速过了一遍，这才找到了些许端倪。

一点都不巧。

招聘网站可以把简历放上去，等待企业主动联系，而我在上一家辞职后，就随手把简历扔上去了，似乎没什么人关注。

就在前几天，一家名为“南方游戏工作室”的公司主动联系我，查看了我的简历，并且昨天邀请我来面试。

我听着公司名耳熟，也没多想，只觉得不会骗人，就把查看公司资料这事忘到后脑勺去了。

反正我也没打算面试能够通过。

这样一看，在招聘平台上，公司具有主动选择的权利，那么一切都好说了。

我从来不惯着林南柯，于是当着前台的面，不轻不重地拍了下桌子：“林南柯，你故意的是不是？”

他摆出一副无辜脸，眼中却充满了狡黠：“你都说我是故意的了，我还能说什么。”

上学时林南柯是我的班长，工作了林南柯成了我的上司，人生何处不难过，我干脆也懒得和他废话，起身就要走，结果他却在我要出门的时候喊住我。

“年加加，阿姨又让你回家相亲了吧？”

我转身，怒道：“你怎么什么都知道，你又不是我家人。”

旁边一群吃瓜职工纷纷散去，林南柯也不着急，始终保持微笑，让我坐下慢慢聊，说还有很多我不知道的事。

这人嘴里是吐不出象牙来的。

“你找不到工作吧？”

“我那是不想找。”

“也找不到男朋友。”

“我那也是没时间找。”

“年加加，口是心非这么多年了，说句实话吧。”

我盯着他：“你什么意思？”

“来我公司上班？”

“不来！”

林南柯把笑容收敛起来，十分认真道：“你去别的公司也是去，不如来我这里，阿姨也放心，你生活工作都不稳定，就忍心看着她一直担心？”

之前就说过，我什么困难都可以克服，就是克服不了我妈。

他这样一说，心中某处柔软的角落被戳中，我觉得话还挺有道理的，去哪儿不是工作赚钱，好歹这也是个熟人，还是让我妈和夏叔叔都放心的熟人。

“下周一正式上班。”我说，“周末我有事。”

和老板讨价还价，估计也是人生第一次，我却说得无比有底气，好像他才是职员，公司是我家开的一样。

林南柯满含笑意地点头：“成，没问题，一会儿去人力资源办公室填一下入职资料。”

我坐在沙发上，望着这个一米九的男人的背影，心中无数种想法错综复杂，其中首当其冲的就是想从后面踹他一脚，也没什么仇没什么怨，就是单纯的愤恨。

然而林南柯仿佛后脑勺长了眼睛，走着走着突然回头，我心里瑟缩一下，唉，不愧㞞了这么多年啊。

八卦的公司职员无处不在，但让人没想到的是，我还没进公司就让人八卦上了。去填入职资料的时候，和我对接的是一个年轻可爱的小姑娘，等到四下都没人的时候，她悄悄问我：“哎？你叫年加加呀，你和林总是什么关系啊？”

我在脑子里摸索了半天，最后确定了林总这号人物指的是林南柯。

猛地一换称呼，全身都不舒服。

“没什么关系啊，我……”我突然恶作剧上心头，继而嫣然一笑，“我是你们老板得不到的女人。”

她“啊”一声愣在了原地，我趁着她还没反应回来，把名字签完赶紧溜之大吉。

这事被林南柯连哄带骗地就定下了，我和赵思念一讲，她连连点头，说什么你们两个果然是剪不断理还乱的缘分啊，要不别挣扎了，就直接靠在林南柯身上试一试。

我拒绝。

现在一事无成的自己，再看看光芒万丈的林南柯，我觉得人生的差距也就如此，是我越来越不配了。

周末一回到家，话还没说超过三句，我妈的真面目就露出来了。

她说："赶紧找一个合适的在一起吧，早点成立一个家，心也能稳下来。"

夏叔叔在一旁听着不说话，我只好给自己找理由："妈，你咋老盼着我英年早婚呢，这事不能着急，好男人都在后面等着我呢。"

我妈："谁等着你啊，阎王爷啊？"

我："……"

最后的挣扎也没用，赵阿姨之前因为我妈生病，还帮过我们家不少忙，所以该给的面子还是要给足，不能伤了和气。

于是，这场相亲饭我硬着头皮还是去了。

对方是考古队的，高级知识分子说话十分有素养，而且还很绅士，长得也不错，我心想我妈这一次总算是给我介绍了一个靠谱的。

第九章 / 难以言喻

XIHUANWO,
NIPALEMA

〔Cut 1〕

鉴于这次的相亲对象给我的感觉不错，回到家我也没埋怨。

我妈四舍五入可能就闻到了我要谈恋爱的苗头，止不住地开心，再加上工作有了着落，还是林南柯的公司，她放了一百八十个心，晚上还特意做了一顿排骨庆祝一下。

大概是耳旁风被人吹多了，时间久了，想起这事来就突然觉得我妈说得在理，和喜欢的人组成家庭，不管什么时候都有一个肩膀让你依靠，想想还挺温馨的。

于是当天晚上，我在朋友圈里有感而发：“好想结婚。”

赵思念评论了一句：“开窍了？看来今天的相亲对象不错。”

除此之外，大部分都是说我想不开的，什么埋进婚姻的坟墓，什么还不如自己过一辈子之类的。

这话听多了，也就无感了。

第二天一大早，我提前二十分钟赶到了林南柯的公司。第一天上班总不能落下话柄，职场工作不比上学，同事之间总会有这样那样的问题出现，多一事不如少一事。

在公司摸了一上午鱼，我也总算捋清楚了。

林南柯这是一个游戏开发工作室，专门研究手游，配音、动画、文案、策划应有尽有，可谓麻雀虽小五脏俱全。

林南柯当然没有那么强的经济能力独自开发游戏软件，背后撑腰的是一个十分强大的互联网公司，平时用的社交软件几乎都是他家的，可见影响力不是一般的大。

而这个公司旗下的手游工作室有好几家，林南柯所全权带领的，就是其中一家。

得到这些信息后，我只能向林南柯表示敬佩，同样是九年义务教育，他却如此优秀，令我惭愧。

他的光芒太盛，就显得我黯然无色，终于明白了那句“一枝独秀”是什么意思。

人生无处不挫败，带给我挫败感的还是跟我称兄道弟多年的暗恋对象，我在键盘上快速敲了一行字：“我出来混，一直都在还，从未停过。”

然后点击发送，给赵思念。

她那边也没比我好到哪里去，据说郑繁星大学时谈了一个女朋友，浓情蜜意，到现在还没分手，甚至前几天发朋友圈表示订婚了。

订完婚就请我们吃饭，赵思念找借口说自己工作要出差，逃过去了。

不过郑繁星这事干得还挺不是人的，赵思念喜欢了他那么多年，就算他不喜欢，或者心里有了别人，也没必要这么不在乎，就仿佛别人的感受不是感受一样。

但谁又都没有错，感情这事错综复杂，说不清啊说不清。

到了下午，林南柯让人喊我去他办公室。我从工位上起来，一抬眼就看到一大堆八卦的目光投来。

领我进门的据说是林南柯的助理，长得十分漂亮，目测身高一米六五以上，皮肤很白，化了简单的妆。

但这姑娘似乎不爱笑，总是板着脸，再加上鹅蛋脸和浑然天成的气质，让人觉得不太好接近。

我在路上问了她一句“林总找我什么事”，就跟问在冰碴子上似的，没有回应，还很冷。

女人的第六感告诉我，她不太喜欢我。

到了办公室门口，她敲了敲门，里面说“请进”才把门拉开，向林南柯点头示意了一下。这两人像是在说什么暗号似的，我站在旁边看他们眉来眼去，突然就觉得他们挺般配的。

你看看，这身高也就差个二十几厘米吧，都是内双和鹅蛋脸吧，性格脾气也蛮互补的吧，还有那……

“年加加？”

“啊……啊？”

“想什么呢？”

反应过来，鹅蛋脸已经出门去了，办公室就剩我们两个人。单独相处已经不是第一次了，但单独在这种场合下相处还是头一回，我站在办公桌前，怎么着也不是。

他“扑哧”一下笑出声来，对上我疑惑的目光，又赶紧找了话题。

“你觉得这份工作怎么样？”

这话问得多余，我总不能说不怎么样，要不是为了让我妈安心我早就撂挑子了。

“挺好的。”

“听说你昨天下午真去相亲了？”

“林总，这是我的个人隐私。”

“对相亲对象还算满意？”

“林总，这是我的私事。”

他就跟听不见我的话一样，接着问：“你打算什么时候结婚？”

我一愣。

这句话里包含的含义太多了。

是他舍不得让我和别人结婚，还是……怕耽误工作？

林南柯图什么呢？

我突然想起赵思念说过的话，很多人来到你的身边，总抱着这样那样的目的，不会无缘无故对你好，当然，也不一定没有伤害你的想法。

从上学时候开始，好像我和林南柯的关系就不一样了吧。

但是这么多年过去，该冲淡的也冲淡了，就好像他现在看我的眼神，已经无悲无喜，甚至还带着戏谑，就仿佛我在他眼里是一个过去的笑话一样。

我越来越开始相信，有的人是拿来错过的，还并不是销声匿迹的那种，他在你身边，陪你上了一堂生动的课，让你永远遗憾着青春。

似乎我沉默了太久，林南柯面露忧色，说：“我前几天找人算了一卦，说我最近可能会有血光之灾，要破财免灾，你最近有没有空来帮我花点钱。”

我：“哈？”

年纪大了，耳朵开始幻听了。

“你别不信，我说真的。”

事出必有因。

林南柯不是傻子，自己的钱放着自己不花，让别人来帮他？

是我脑子进水了还是他脑子进水了？

我：“不……不太好吧……”

他看着我，始终没说什么，让我晚上下班一起吃个饭。

我说我晚上约了相亲对象。

他面色沉下来，低声道：“那就一起，没外人。”

他是如何把这句话说得如此堂堂正正的？

我把这事和赵思念一讲，让她帮我分析分析。赵思念那边沉默了半晌，才回了句：“刺激啊，没外人可不可以带我一个？”

我决定放弃与她的沟通。

看来这事躲不过去，我事先和相亲对象打了个招呼，表示：“我哥哥和我在同一个公司，晚上要过去见见你，顺便一块吃个饭。”

相亲对象一听，这就见兄长了，喜不自胜地答应了。

我一边感慨他天真无邪，一边得意自己胡说八道的本事见长。

但林南柯并没有给我这个超长发挥的机会，晚上下班开车到了餐厅门口，他突然搂上我的肩膀，就像以前开玩笑时一样。

我觉得这样不好，便让他松开。

但这人是故意的，他说：“哥哥和妹妹之间搂个肩膀怎么了？”

我哑口无言。

相亲对象看到我们这样的时候也愣了愣，但他是一个很有素养的人，很快便将负面情绪收起来，笑着来和林南柯打招呼。

饭桌上，两人的话题也不多，我也没法问一些偏情感向的问题，大家都低头吃东西，就显得十分尴尬。

林南柯全程一直在帮我夹菜，就好像我没有长手一样，最后实在是忍不下去了，我只好低声告诉他：“我不是一个低能儿。”

他沉笑。

相亲对象却忽然道：“年小姐，虽然我们的关系才刚刚起步，但是有些话我觉得现在说比较合适。”

我鼻子还算灵，仿佛嗅到了不好的味道。

“请讲。”

“我对我未来妻子没什么其他的要求，就希望她能够凡事都听我的，不能追星，不能和男人接触，只能用我给她的东西，我是天蝎座，独占欲很强，希望你能理解。”

这……怎么理解？

我突然觉得这桌子菜不香了。

〔Cut 2〕

他说这话明显有所针对，我就算脑袋再不好使，这时候也明白这番话是为了什么。

可怎么听怎么觉得，他的控制欲已经超过了我能想象的地步。

这时候，他忽然又加了一句：“有血缘关系的兄弟姐妹也不行，同性也不行。”

听起来令人恐惧，我顿时精神起来，脑子却黏成了一团。

有些话不是不会说，是怕说得太难听了让他难堪，不能太不顾他的面子，毕竟也是一位高知人才，还是赵阿姨介绍的，做人留一线，日后好相见。

所以这个话怎么说出来才能又解气又不得罪人？

林南柯突然碰了碰我的胳膊，似乎想向我传达什么信号，可能我俩天生心没有灵犀，他暗示了半天我都没能理解什么意思。

此时此刻的我已经掉线了。

他与我交流无果，紧接着，给对面那人倒了杯饮料，端起杯子笑道：“真不好意思，我们家加加给您添麻烦了。我先给您赔个礼道个歉，顺便问一句，您觉得我们加加这个人怎么样？”

加加？

咦……

掉了一身鸡皮疙瘩。

我问他你葫芦里卖的什么药，他直接把我无视掉了。

对面那人斟酌片刻才说：“我这人不爱拐弯抹角，君子有言在先，年加加受教育程度还可以，家庭情况略微复杂，但可以接受，长相身材还可以，性格上暂时还不太了解，不过今天来看，可能有些缺乏自我认知。”

自我认知？

就是说，我没有自知之明？

我这暴脾气撸袖子就想冲上去和他吵一架。林南柯长臂一伸，挡住我，语气十分暧昧：“宝贝，别冲动。”

要不是刚刚吃得少，我的胃现在已经开始破坏公共卫生了。

“我觉得这位先生说得有道理，萝卜青菜各有所爱。实话跟您说了吧，我也不是加加的什么哥哥，她姓年，我姓林，我是她男朋友。”

啥？

我和对方同时被这话震惊了。

“我不信。”相亲对象直接说，“除非年小姐亲自承认。”

林南柯把我拎过来，再次搂住我的肩膀，轻声道：“说给他听。”

都到了这一步了，总有一个台要拆，相比较拆林南柯的，还不如拆这位萍水相逢的兄弟的，毕竟这顿饭之后，也别想再处下去了。

我秉承着拆迁队的原则，不留一分情面，该出口时就出口：“对，他是我男朋友，我们吵架了我赌气才来相亲的。我男朋友独占欲也很强，甚至有点变态，你看我一眼他都恨不得把你的眼睛挖出来，所以您出门小心点。您从事考古，对挖眼睛这事听起来不会大惊小怪，但还是劝您小心说话为妙，谁也保证不了百年之后躺在那里被后人研究的是不是您呢？”

小样儿，跟我斗。

一口气说完就是舒服。

林南柯也不知怎么话多了起来，又补了几刀：“依我拙见，你不管是自我认知还是对别人的认知都有点问题，年加加在你那儿是件商品，在我这儿是世界上最完美的女孩子，我会保护她，不准任何人伤害。”

这……

我抬头望向身边这个男人。

他是认真的吗？

我没谈过恋爱，所以也从来没有人对我说过这样的话，我长达二十多年严重缺乏安全感，从不敢主动去得到什么，得到又失去的滋味就像是心上的肉被人剜掉一块，你还要强忍着疼痛，告诉所有人，甚至告诉自己，没关系，一切都好。

就在这没有安全感的世界里，突然有个人站起来，告诉你，他会保护你，无论是不是演戏，都多多少少会感动。

再加上他是林南柯，我鼻头一酸，眼泪差点就流出来。

一打二当然自不量力，那人为了保留自己作为绅士的尊严，没说几句就走了。我调整好情绪，把那份感动压下去，就当什么都没发生过，继续吃我的饭。

天大地大，填饱肚子最大。

林南柯跟老妈子附体一样，叨叨着：“多亏我来了，还以为这次相亲给你找了什么好东西，结果换汤不换药，金玉其外败絮其中，以后别相亲了，真正的好男人都不会在相亲市场出现。”

我放下筷子，审视着他：“那你的意思就是，在相亲市场出现的女人也不是好女人了。”

“我可没说。”

这人满嘴跑火车的功力比当年更胜一筹，这么一闹我没吃几口就饱了，林南柯还算有眼力见，赶着去前台付钱。

我往那边瞄了一眼，前台收银员也就十八九岁的小姑娘，和林南柯交谈的时候面带微笑，不是一个收银员该有的标准微笑，也不知道林南柯说了什么，那小姑娘的脸突然变得通红，顺带还朝我这边看了看。

我心虚，赶紧躲了躲。

老阿姨脸皮薄，不禁看啊不禁看。

林南柯把我接过来的，当然也负责送我回家，我坐在副驾驶上无话可说，他在旁边一言不发，我心想这也不至于吧，这么快就到了两个人关系的冰点。于是，不想这么尴尬的我尴尬地开口问：“刚刚你和收银员都说什么了，人家脸红成那样？”

此话一出，效果相当于当场自刎。

我在心里筹谋了半天，为了把目的隐于无形之中，打算问“刚刚吃饭花了不少钱吧，我看小姑娘看见账单脸色都变了”，结果一开口，把真实想法套了出来。

唉，这么多年过去了，嘴上还是没个把门的。

他淡淡瞥了我一眼，打着方向盘冷道：“她想加一下我的微信。”

“哦。”

心里偷着乐就偷着乐呗，装什么冷淡。

“我没加。”

“怎么，小姑娘挺漂亮的啊。”

“我说你是我女朋友。”

他的语气太平淡了，就好像说“我今天吃了饭”一样，饶是我对别人语气的高低起伏再敏感也听不出这话有什么不同的地方。

我拿人家做了挡箭牌，人家需要的时候也会拿我做挡箭牌，一报还一报，也算是扯平了。

第一天上班就发生了这么玄幻的事，以后还指不定会怎么样。

我回到家洗漱完毕，给赵思念打了一个电话。

“怎么样？林南柯有没有给你搅黄了？”

岂止是搅黄了这么简单，他没把人气死就算高抬贵手了。

“你可别提了，在他的帮助下，我成功地认清了相亲对象的真面目，吹了。”

“恭喜你，又摆脱了一个不速之客。”

“那么麻烦又来了，我刚上班第一天，就被林南柯搞得惊心动魄的，以后还指不定给我弄出什么麻烦来。”

“所以你想怎么样？”

“我要赶紧找到新工作，然后找个借口顺理成章地躲开这个坑，越快越好。”我说，“最好明天就解决。”

赵思念在那边哈哈大笑：“你直接掉进去呗。”

我无视掉她的风凉话，心里把这事盘算了一遍，包括今天所发生的一切。

必须要承认的是，我对林南柯还有感觉，这么多年没有找男朋友，还不是因为年少时期对他太上头，心里一直怀着一份期盼，只是后来希望都变成了失望。

等等！

我脑子里突然闪过一个想法。

从林南柯今天的表现来看，他别是对我有意思吧？

正陷入迷茫中，手机突然响了，来电显示正是我现在最不想看见的人。

硬着头皮还是得接，毕竟他另一个身份是我老板。

“喂，林总。”

“开门，我在你家门口。”

〔Cut 3〕

林南柯坐在沙发上，跷着二郎腿，好像这地方并不仅仅是我家，还有他的一亩三分地。

平时他来我家来惯了，我也见怪不怪。

但是大半夜过来还是第一次，并且孤男寡女共处一室，他关门时“嘭”的一声，似乎还压抑着火气。

“林总，这么晚过来，是有什么工作要安排吗？”

他紧紧皱着眉头：“不给客人倒杯水吗？”

我一边暗想你算什么鸟客人，一边十分狗腿地跑去厨房给他倒水。

就是这么口是心非。

来者不善，还是顺着他的意思吧，安安静静地来，再体体面面地把人送走就好了，这大晚上，如果真的一言不合打起来，对我一个连恋爱都没有谈过的人影响不好，而且还容易遭到邻居们的全方位集体性攻击。

可天不遂人愿，我倒完水刚回来，原本想把微笑服务贯彻到底，谁知坐下电话就响了，一看来电显示是赵思念，心里顿时七上八下的，她这个电话来得也太是时候了点，指不定有什么猫腻。

“思念。”

林南柯听到她的名字，突然转过头来盯着我，像是我和赵思念在做什么见不得人的事，我抖了抖眼皮，赶紧背过身不看他。

那边纪检委上身，这边赵思念的嘴像机关枪附体，“突突突突”就是一通疯狂输出，我根本连插话的机会都没有。

“哎，年加加，我跟你说个事，林南柯可能一会儿要过去找你，成败在此一举，我觉得你们俩这么多年了就差把话说开了，有什么问题尽管问出来，像你们这种心里有对方却谁也不说的，我在电视剧里见多了，错过多可惜。行了，话给你说到这里了，也帮你们到这儿，林南柯一会儿肯定就到了。”

我：“已经来了……”

“什么？”赵思念惊讶过后短暂地沉默了会儿，然后磕磕巴巴地继续说，“这也太快了吧，那行……那……那我不跟你说了……祝你俩百年好合早生贵子，拜拜！”

耳旁传来一阵忙音。

这个人也太没有良心了，这么看的话，问题出现的根源找到了，就是赵思念这个家伙出卖的我！她死定了！

赵思念这个人不靠谱，但她已经把事情推动到这一步，大家也没必要再装下去，这也算是意外的契机，外人的帮忙就只是帮忙，如果今晚不了了之，那我要是再和林南柯有个结果的话，估计就只能等入土为安的那天。

为了场面不难堪，我抢先开口。

“赵思念和你说什么了？”

他抬头，手里还端着那杯白开水，眼神平静，轻轻地扫了我一遍，低声道：“该说的都说了。”

此话提神醒脑，我声音都提高了好几个分贝：“什么叫该说的都说了？她都说什么了？”本来只想找个借口说说话，怎么还炸出其他东西来了？赵思念啊赵思念，塑料姐妹情也抗不住你这样折腾，看来几天不见浑身难受，这是逼我拎着工具箱冲过去吧。

林南柯那边仿佛陷入了久远的回忆，一字一句道：“说了你的大学四年，你的相亲对象，你亲爸在你大二那年来找过你，你拿到了奖学金却都给了夏叔叔，你大一曾在上铺掉下来过，摔了胳膊，你去上一家公司是为了完成实习报告，还有……”

“停停停！”我越听越觉得后背灌进凉风，“你怎么什么都知道？”

那他知不知道，我喜欢了他这么多年？却为了心里那点可怜的自尊和安全感，从来不敢提起，万一失去了，那才是什么都没有了。

他又喝了两口水，把水杯放到茶几上，转过头来，目光如炬，却咬牙切齿地说出一句话：“年加加，你是不是傻，喜欢就是喜欢，你装什么装。”

心中的小秘密突然被戳破，虽然早已经在自己的意料之中，但亲口听到心里还是被撞击了一下，好像所有血液都沸腾了起来，那些年的胆怯变成了心动的符号，全身上下叫嚣着。

“我……我……你不是喜欢肤白貌美大长腿吗？”

“我那是随口瞎说的，我要是说喜欢的是你，你当时不会尴尬吗？”

嗯？说得也对。

我沉默了半晌，脑子里乱糟糟。他也不往下说了，别过脸，面色通红，都快红到脖子根上去了。

我觉得这人脸红实在是新鲜，不由得在心中偷着乐，我认识他这么多年，第一次看他如此害臊，本想捉弄他一下，可是他太煞风景，突然回过头来狠狠瞪我一眼。

三魂吓丢了七魄。

我不敢造次，只好乖乖坐到对面的沙发上，想把话题继续引下去，刚刚他说什么？他要是说当初喜欢的是我，我会尴尬？

笑话，我那时候那脸皮厚得全校都叹为观止，树人中学的传奇人物不是空穴来风，就……等会儿！

他刚刚说当初喜欢我？

那岂不是他承认了喜欢我！

意识到这一层，我猛然间站起来，当幻想过无数次的场景突然出现，结果是我几乎丧失了语言能力，我恨老天爷为什么给我这么蠢的生理反应，恨铁不成钢地缓了半天，才指着自己问他：“你是……喜欢我？”

“我说得很隐晦吗？”

是的，一点都不隐晦，要不是我反应快了半拍，这辈子就没缘分了。

林南柯这人平时没什么正事，难得突然认真起来，清了清嗓子，涩然开口：“咳咳……那个，赵思念还说了，你也喜欢我……那……那……”

他那了半天始终没说出个一二三来，这男人的表达能力过于欠缺，我心直口快，心还在怦怦跳，口头上却直逼重点：“这么多年了，你现在才知道？”

他要是点头说是的，我就当场把他的头扭下来。

装傻充愣要学会适可而止。

林南柯也了解我的脾气，沉声道：“年加加，这事不能怪我，毕业以后，你的脾气来了一个三百六十度大旋转，毕业聚会也不参加，在家一心研究起了动漫，每天都是那副谁都不理的冷淡样子，我怎么敢确定你心里是怎么想的？我怕话说出口，最后连朋友都做不成。”

这想法和我的一样，因为太在乎，又害怕失去，所以就装作不在乎，心中怯懦，举止行为退缩，极易自我否定，心理学管这叫回避型人格。

这就是我们没有在一起的原因？

他又说：“还有你上大学像变了一个人似的，奖学金拿到手软，实话实说，我觉得你太优秀了，我配不上你。”

哈？

和我当时一样的想法。

“一开始我找赵思念，赵思念不肯直接帮忙，却无意间透露出你的消息，我这才一点一点了解到你的现状和你的想法……”

果然是赵思念，刚刚还对她恨得牙根痒痒的我，现在却怨这根搅屎棍子怎么不早点坐实？

呸呸呸，这形容词用得太对不起自己了。

我第一次见林南柯脸这么红，以前别的小女生向他表白时，也没见这么羞涩过，堂堂一米九的男儿，居然脸红脖子粗的，对我说：“我已经把你的相亲对象搅黄了，阿姨那边早晚要找你，你看用不用我以假乱真，以你男朋友出场？”

我：“……”

敢情还真是他故意搅黄的。

我还觉得那个男人挺符合我的标准的，可惜了可惜了，我的第一场爱情还没拉开帷幕就被林南柯一巴掌拍回了原形，我居然没有丝毫的反感，甚至还因此而兴奋。

事到如今，我妈追杀起来也就只能把林南柯拉出来做挡箭牌了。

我面上假装难为情，实则心里乐开花地点头：“唉，只能这样了。”

〔Cut 4〕

对面的人满意地点点头。

我说：“那这事就这么定了，现在太晚了，要不林总先回去休息？”

他刚刚染上喜色的眼神立马变了，微微一笑，十分不怀好意：“都什么关系了？还叫林总？林总今天晚上不回去行不行？”

他说这话的时候面色绯红，我心想他的挑战能力挺强，刚刚表个白都把自己给害羞到了，现在又一副“老子不要脸，流氓我最强”的姿态，男人的脸变得也蛮快的。

他打算将没脸没皮进行到底，我虽然也兴奋，但是告诉自己一定要控制住，千万不要被这个男人的几句花言巧语所迷惑，说起来也算是第一天谈恋爱，不能发展这么快。

“我……我的床小，容不下你这么长的。”

他说没关系，可以委屈委屈将就将就。

忍住！一定要矜持！矜持！不能被他迷了心窍！

“那好，这么晚回去也挺不安全的。”

此时脑袋里立马跳出一个小人，对着我的脸左右开弓，一巴掌接一巴掌地拍过来：叫你见色起意！叫你心直口快！

正预料着我们两个今晚会发生什么，林南柯突然多说了一句：“放心吧，我睡沙发。”

……

这是我为了工作租的小公寓，也就三四十平方米，里面设施还算齐全，除了卫生间单独隔开外，其他差不多都在一个屋子里，所以，林南柯所说的沙发就在距离我床不到两米的地方，一个……只能装下半个他的沙发。

“林总，你确定吗？”我把被子抱出来，有点尴尬地看着沙发问他。

他突然起身，把沙发两边展开。

“你不会不知道这是个折叠床沙发吧？”

我要是点头说 yes 他会不会把我当成傻子拎出去？

“当……当然知道，但是你看，打开了不还是没你长？不到两米。”

我看着被抻开的沙发，心里估量着长度，虽然还是短了点，但是不至于像刚刚那样委屈巴巴了。

此时此刻我特别想模仿赵思念说一句她的至尊名言“这到底为了啥呢”，我这里没有多余的房间，也没有很大的地方，刚刚同意收留他不就是脑袋被爱情的蛀虫占领了吗？

他居然还心安理得且略带开心地真住这儿了，我应该问问他到底是为了啥。

林南柯学着我的语气道：“没事儿，这么晚开车回去，挺不安全的。”

你在这儿我不安全……

多说无用，简单洗漱后他已经和衣躺下了，大概他自己也知道男女有别，只脱下外套就算了，并没有其他动作。

房间的灯在我手边，我说：“你睡觉关灯吗？”

他反过来问我：“难道你睡觉不关？”

还别说，我睡觉真的不关。

这个不关也不是特别严格，就是床头的小夜灯必须一直亮着，如若不然就没有安全感，即使我瞪大了眼睛也仍是黑漆漆的一片。

小时候夏叔叔和我妈曾经尝试着帮我解决这个问题，可是要不然就是睡不着，要不然就是半夜醒来哭着喊着要去找我妈。

后来“关灯习惯”只能以失败告终，最后退而求其次，但凡有一点亮光就可以满足我的安全感，所以从费电的白炽灯变成了节约的小夜灯。

这么多年过去，要想再戒掉这个毛病更难了。

林南柯翘起脑袋瞅我一眼，正好我也在看他，目光相撞那一刻，全身上下仿佛一通电流游过。

怎么我和他今天发生的事，越听起来越觉得玄幻？

“怕黑就开着吧，早点睡。”

本就春心萌动，刚刚那瞬间让我更加心神不宁，翻来覆去还是睡不着，我最后转了个身，背对着林南柯，喃喃自语般问道：

“你今天是认真的吗？”

他没回答我，估计是睡着了。

就在我准备对本次突然提起的话题收场时，他那边却突然开口：“我刚刚在心里想了好多种回答，想带给你安全感，但是我发现，都没有一个‘是’字来得更加痛快舒服，再华丽的辞藻、再深情的海誓山盟，都不如用行动来表达，年加加，我真的喜欢你很久了。”

我想说我知道，我也是，可是话到了嘴边却哽住了。

望向窗外，白色窗帘透进微微的月光，我突然想起那句“今晚月色很美”，似乎明白了夏目漱石当时的心情。

今晚月色很美，忍不住把我身边的美好分享给最喜欢的你，你能感受到吗？柔和的月光，璀璨的星空，温暖的清风，还有我这颗火热的、跳动的心。

我想把这些年，他错过的我都分享给他，可到了嘴边，又不知道从哪一年哪一月开始说起，心里自嘲起来，着什么急，我们才刚刚开始，在一起的路还很长。

我说：“我们已经错过了很多年，总算是把话摆到台面上来了，身为一个男子汉，没想到你还挺㞞的。”

他突然间跳了起来：“你说谁㞞？”

我翻过身略带疑惑地望着他，不就是嘲笑一下他不敢表白吗？反应这么大？

林南柯见我不吱声，长腿一跨便从地面转移到了我的床上，又问了一遍——你说说看，我哪里㞞？

这人怎么跟上学时候一样，越说还越来劲了？

我也是那种越说越上劲的人，狠狠地怼回去：“你哪里不㞞？你不敢表白！你怕失去！你就是胆小鬼才让我们错过了这么多年！”

他突然愣住了，微弱的光下我也能看到他的失落，刚刚还一副要和我一较高下的样子，突然间蔫了下去，又回到沙发上，盖了被子躺好。

“你说得对，我是挺㞞的。”

这新鲜的恋爱还没捂热呢，不能先闹矛盾啊，我胆子大起来，光着脚“噔噔噔”跑过去，掀起被子一骨碌钻了进去。

“你……”

他刚想说话，我直接伸手拦腰抱住他。

那是我已经垂涎很久的身子了。

这小蛮腰和想象中的一样，挺窄，没赘肉，摸起来硬邦邦的，然后我顺势揩油，在他肚子上略过——

这货绝对有腹肌！

他想转身，我抽出一只手，把他的头又摁了回去。

一回头岂不是就看到我脸红得跟猴屁股似的？不了不了，请为我们刚刚建立的爱情保留一丝神秘好吗？

“我不是那个意思。”

我解释了一句，发现再怎么往下说也不合适了，偏偏我刚刚还就是那个意思，我怪他一直瞒了我这么久，但其实，我自己也没有比他强到哪里去。

脑袋里许多想法搅成一团，然后我在里面搅啊搅，搅啊搅，最后搅不动了就睡着了。

第二天醒来的时候是在床上，也确实，沙发上挺挤的，我一过去，他就只能侧着身睡。

还好我的床是双人床，一睁开眼，我就看到他在另一边床上背对着我，不知道睡醒了还是正在睡。

我怕林南柯突然睁眼，晚上黑灯瞎火的倒是不怕，大白天要是脸红就太明显了，为了自己的节操，还是赶紧去洗漱。

呵，一会儿还得和他去公司上班。

真是抬头不见低头见。

卫生间里，我从镜子里看到自己的黑眼圈，并没有觉得惊讶，毕竟昨天晚上折腾到……单纯聊天聊到那么晚。

第十章 / 栽到这儿了

XIHUANWO,
NIPALEMA

〔Cut 1〕

“我和你一起去上班。”

林南柯不知道什么时候过来的，我在镜子前化妆，冷不丁吓人一跳。

随即眉毛就画歪了，我佯装淡定，擦掉又重新描。

“大哥，你确定这就让公司的人看出我们的关系，未免有点早吧？”

刚进公司的我怎么都算是新人，刚一进来就和老板纠缠不清，引得众人猜测。现在如果再暴露关系，我都无法想象我在别人嘴里有几个人品。

这世上，人言可畏，一人一口唾沫星子就能围成个游泳池把我淹死。

林南柯倚在门框上，似是有所思，最终好像也明白了这个道理，不情不愿地点头：“我知道你是什么意思，不公开是为了我们都好，但是我觉得你是我女朋友，不该躲躲藏藏的，这对你来说不公平。”

这世界上不公平的事儿多了去了，有的天注定，有的迫不得已，而我这种，说得冠冕堂皇是为了爱情，说得自私自利是为了名誉，没有什么公平不公平的，既然我选择了林南柯，这就是我所承受之重，也自然没什么好抱怨。

林南柯听完我这番话，显然十分惊讶，问我这些年都在经历什么，成长这么快。

“你指哪方面？”

我总算是把一张脸捣鼓完，正准备换衣服，他从上到下瞄了我好几遍，狡黠道：“各方面。”

要是不把拖鞋扔过去，简直太对不起他那流氓目光了。

最后我俩商定，他带我去上班，但是快到公司的时候要把我放下来，我自己走过去，一前一后把时间错开，就不会引起怀疑。

林南柯抿着嘴开车，似是不高兴，一直没吱声。的确，谁谈个恋爱跟搞地道战似的，这和曲线救国能一样吗？

我想开口跟他解释，可是之前就把该说的都说了，现在再多说一遍，就显得十分多余，心理学讲，人只有在对某件事心虚的时候，才会不断地重复。

我就知道相亲那事儿不会这么容易就过去的，我妈那脾气，知道我把相亲对象气走了，一定不会放过我。

还好我提前估计了那位仁兄的告状速度，电话一响，我拿着手机就往卫生间跑，准备关门之际，林南柯拿胳膊一挡，在我讶异的注视下顺利钻了进来。

公司卫生间外面的洗手区域是公用的，我打着电话，他假装在一旁洗手，动作慢条斯理，好不容易洗完擦干，却把最外面那层门关上反锁了，这样一来，谁都别想进门。

鉴于电话那头是我妈，我不敢口吐芬芳。

上来先嘘寒问暖，再劈头盖脸一顿骂是我妈一贯的作风，如果我反击，我妈突然就开始晓之以理动之以情，让你不得不低头，长此以往的斗争中，我便在我妈这种“软武器”下成了弱势群体，道理讲又讲不过，脾气硬又硬不过。

做人好难。

我妈说：“加加呀，今天上班了没有？”

“上了。”

“新工作怎么样？”

“挺好。”

“早饭吃了什么？”

“小米粥。”

“哦……那你和那个相亲的小伙子怎么回事呀？他怎么说你骗他，说你已经有男朋友了呢？加加，坏事咱可不能做啊。”

我妈这弯子绕得可是够大的。

感情二三事，最难与父母说明白。

“那个……对，是有男朋友了，新找的，没干坏事。”

林南柯半坐洗手台上玩手机，时不时地抬头看我一眼，听着我的回答若有所思，似乎在自动脑补我妈因何所问，还时不时露出神秘的微笑。

我妈一听，就把那个相亲对象告状的事都抛到脑后了，追问我：“谁啊？做什么工作的？多大了？家住在哪里？家中有兄弟姐妹吗？父母又是做什么的啊……”

我说：“妈……妈……您别问得像是怕我被拐卖一样。”

我妈十分不给面子，冷笑道：“呵，我哪是怕你出事啊？我怕你把人家小伙子骗了。”

果然是亲生的。

我正琢磨着怎么回答，林南柯突然凑过来，高大健硕的身躯压下，扑面而来的气息迫使我往后退了几步，原本离墙就不远，这一退后背触到那片冰冷，我又下意识地向前，却不曾想正中他下怀。他低下头，在我嘴巴上轻轻地啄了一下，还没等我脸红，他已经把耳朵凑到了手机旁。

“加加？你怎么了？”

“我……我没事……那个妈，待会儿下班了跟您详细说，我现在上着班耽搁时间太久不好，不跟您说了，先挂了。”

我妈那头还没讲完，我便匆匆忙忙挂掉，再不把电话挂了，我怕一会儿脸红得连话都不会说。

林南柯道：“怎么不打电话了？顺便跟阿姨说是我，我还想听听阿姨是什么反应呢。”

能有什么反应？我妈一定觉得是我忽悠人家小伙子，然后一边拍手叫好一边说：“闺女，干得漂亮。”

我把手机塞在上衣口袋里，感叹自己民生之艰，然后为了向同事证明是真的上厕所了，便拧开水龙头洗手，一边洗一边想刚刚那一幕，想得有点投入，以至于脸上发热，林南柯什么时候到身后的都不知道，我抬头正好在镜子里看见他，那表情羞涩中略带狡黠，似乎算计着什么。

说心里不慌不可能，我转身欲离开，他的身子突然压下，双臂支在洗手台两边，正好把我整个人圈进去。

唉……长得高就是有优势。

我紧张得不敢看他，小声道：“这是在公司，快起来，回去晚了一会儿同事们该多想了。”

他冷道：“那不叫多想，那叫揭露事实。”

“不要脸……”

“你能把我怎么样？”话说着，他越凑越近，最后整张脸近在咫尺，我往外推他，他呼吸有些粗重，低声道，“加加，你看着我。”

我脸憋得通红，把头一撇，面对美色诱惑，为自己保留最后的尊严：“我不看！”

这时下巴突然被他温热的手指钩住，我被迫转过头，还没来得及看清那眼神里的情绪，唇上一凉，整个人便愣住了。

他吻得有些笨拙，闭着眼睛轻轻覆在我的唇上，蜻蜓点水般落下又离开，重复几次。我觉得有趣，便瞪着眼睛观察着他微微战栗的睫毛。他却倏然睁眼目光迷离地与我对视，紧接着，嘴巴再次迎上来，和刚刚那样不同，他的唇舌不断搅弄着我的各处神经，似是邀我共赴这场热情盛宴，我手肘抵在他的胸前，身体不自觉地涌上电流，第一次感觉到这般异样的感觉。

他确实挺笨的，凭我多年看小说的经验，还没见过谁接吻的时候接二连三咬了对方，可那刺痛却又像是点燃了什么一样，让人心生邪念。

林南柯的手慢慢附上来，我能感觉到他的急切，可这不是该做这事的地方，我还没来得及制止住，他自己就拐了个弯，把手移到了我腰间。

这时门外突然传来声响，有人想要进来，拧了半天打不开。我心虚，赶紧推他，谁知道他偏偏又将我搂得更紧。

“门怎么打不开了？”

“是不是锁坏了？里面有人吗？”

“不知道啊，要不叫修理工过来看看？”

我好想大喊一声里面有人，但是唇舌在别人嘴里，只能认栽。

好半天后，人逐渐散去，林南柯这才放开我，我脸通红，他也没有比我好到哪里去。

他呼吸十分粗重，声音沙哑道：“你先出去。”

“那你呢？”

“我一会儿……”

“你怎么了？”

“我上厕所……”

紧接着，他转身就进了隔间，留下我在原地迷茫了一会儿，仔细想了想，得知其中缘由，我的脸更红了。

完蛋，怎么出去见人？我也需要上个厕所冷静冷静。

〔Cut 2〕

出乎我的意料，我妈知道我有男朋友这事儿后，并没有一直追着我盘问，甚至电话都很少打，就好像我已经嫁出去了一样。我心想我妈不至于这么现实吧，于是再一次打电话的时候，她说她还要去看广场舞先不聊了，我喊住她。

我妈耐心有限：“还有什么事赶紧说。”

“我是不是您捡来的？”

她没搭理我，直接挂掉了。

我和林南柯相处得还算顺利，毕竟认识那么多年了，性格上打打闹闹很合得来。多年的磨炼，终于让他放弃了对我的步步紧逼，小事上都包容我，大事上都听从我。

对，这个家由我做主。

林南柯临下班前给我发微信，说晚上要来我家住。

我想想那小床单薄的身体，支撑不住我俩大张旗鼓地折腾，于是果断地拒绝他：“不！行！”

然而到了晚上下班，他说顺路送我回家，然后十分自然地尾随我进了家门。

什么事都必须听我的，睡觉除外。

赵思念知道我和他已经在一起了的事，已经是我们两个交往一周后，这位大姐最近也不知道忙什么画展，天天往另一个城市跑，眼睁睁见她瘦了一圈。

本想嘱咐她多注意休息，可她这人除了钱什么都不认，劝了也是白劝。

听说她最近在和一个刚踏入娱乐圈的小模特谈恋爱，具体什么情况我也不太清楚，自打郑繁星双喜临门后，她转身对工作产生了浓厚的兴趣，每天问她在干吗，得到的回复都是“在忙”，感情更是扑朔迷离，谁也搞不懂她一会儿和三十岁大叔谈恋爱，一会儿又和十八岁小青年谈感情是什么情况，便任由她作去了。

赵思念从巴黎飞回来，我去接机，正好提及了我和林南柯的事儿，她猛地一拍大腿：“你俩怎么回事？”

“就是我们在一起了呗。”

赵思念笑道：“果然，上次他一说去你家找你，我就估摸着这事八九不离十。怎么，那么多年都没想通，一下子就明白过来了？听说你打算结婚了？”

想想好像确实是这样，我一时间没有找到理由回击这句话，干脆就转移了话题。

不过这事放在心里挺难受的，恰好晚上林南柯给我打电话让我去他家吃饭，站在餐桌旁边，看着料理台上忙碌的身影，心里更加不安，一系列的问题涌上心头。

他围着围裙，回过头看我。

“饿了吗，一会儿就做好了。”

我叫他的名字：“林南柯。”

“嗯？”

“这是真的吗，我怎么觉得一切就像梦一样？你也知道我这个人患得患失，不想得到了再失去，所以如果你只是因为一时的冲动，我们……”

他把一盘芹菜炒肉放在餐桌上，转过身来吻住我。

“以前是我㞞，是我不敢表白，我们差一点就错过了，我每时每刻都在想太幸运了，还好及时出手，不然这一辈子就真的没有机会了。”他说。

话虽感动，也实实在在戳中我内心最柔软的地方，但是此时此刻的我想表达的是：“你吻技有进步。”

“哦？”他闷声低笑，“我的初吻可是给你了。”

为了避免出现再进一步少儿不宜的画面，我借口灶台上的汤煲好了，赶紧把他推开。

林南柯怎么着也算是一个小老板，他的房子可是比我那一亩三分地大多了，我由衷地想从我家搬出来，但是这事又不好意思开口。我妈说了，女孩子一定要矜持，虽然她后来干的事好像并没有拿这句话做宗旨。

关键是，我的房子是租的，他的房子可是全款购买的，有钱不省是傻子。

这样的想法其实不对，可对我现在的经济状况来说，他的确能拉我一把，刚出来工作的女大学生，首先被财务赤字压弯了以前笔直的腰杆子。

矜持并不代表我不能暗示，于是在吃饭的时候，我对着林南柯家的装修和各种风格一通夸，大到称赞他家的欧式装修风格：这个沙发真好看啊，这些油画贴在这里正合适……小到把手上的白瓷碗夸成了一件艺术品：哇！你看看这材质，这手感，这上色，堪称人间一绝，怪不得我嘴里的饭都变香了呢。

林南柯停箸，冷眼瞥我，无奈道：“行了行了，你再说下去我就要觉得这里是皇宫了。”

他扒了口饭，又道：“早就想跟你说，你住的地方不安全，我看了四周，连个摄像头都没有，巷子口几个路灯还不亮，说得好听是公寓，里面的装修环境也还可以，但旁边就是菜市场，太乱了，我不放心你一个人住在那里，不介意你就搬过来，介意的话考虑考虑我再帮你租个房子……嗯？你怎么了？”

泪在眼眶里打转，我想开口说“没事”，可是刚说出第一个字，眼泪便控制不住地往下掉。

林南柯见状，从餐桌对面绕过来轻轻地抱我在怀里。

他抬手帮我把眼泪擦掉，似乎被我这蠢样逗乐了，笑道：“你这是怎么了？”

“我……我太感动了……哇——”说着，情绪上来忍不住，我哭得更厉害了。

小的时候因为家庭的原因，总是过得小心翼翼，只希望没有人能够关注到我，可是长大后却对这种关心充满了期待，我妈虽然也关心我，但是很多事情是没办法和父母讲的，怕他们担心，怕他们为我的处境而自责。

林南柯不一样，他让我觉得还有另外一个人永远在你身边，源源不断地给你所缺失的温暖。

最后，我怕哭得时间太久，饭菜都凉了就没得吃了，便赶紧在他的怀中出来，顺势用他的衣服擦了擦眼泪。

林南柯一脸嫌弃地望着我，笑道：“那你到底要搬过来还是怎样？”

“搬！这就搬！”

我当然承认我这人没什么骨气，毕竟谁也不像我一样，能够和让自己如此安心的人在一起。

第二天正好是周末，我出奇地起了个大早，林南柯在厨房忙活着，看见我的时候还愣了一下。

我打着哈欠坐过去：“看到我很惊讶吗？”

“稍微惊讶一下表示对你早起的尊重。”

我没理他，转身摸了一枚鸡蛋，皮还没剥完，电话就响了。

“我手上不干净，你帮我看一下。”

“陌生号，没备注。”

“接一下，可能是搬家公司。”

他滑下接通键，刚刚倦怠的模样收敛了些：“你好。”

不知道对方说了什么，林南柯应了句“好”，又忍着笑意，把手机递给我。

我一脸茫然。

他道：“嘿，露馅了。”

我赶紧接过，对方是个女声，如果是其他职员我可能还不熟悉，但打电话这个人是人事部处理员工福利问题的李岩，我第一次去人事部她正好在分糖，顺手给了我一块。当然，这不是最重要的，最重要的是，她的嗓音很粗，每次看着那张萌妹脸讲话都让我醉生梦死的。

她惊讶地扯着嗓子喊：“加加！我听出来了！那是林总！你怎么和他在一起！不是我想象的那样吧？我本来打电话是给你入员工福利的，不过这信息量也太大了……”

“李岩……我这……”

“加加！你进公司，我一直觉得你是一个很不错的小姑娘来着，所以你千万不要走歪了路啊……”

林南柯突然夺过我的手机，正色道：“我跟她讲。”

然后还没等我伸手夺回来，就听他用平时上班那公事公办的语气说："李岩，别把问题想得太复杂，年加加是我光明正大的女朋友，以后还会成为我的妻子。"说完就把电话给挂了，顺带还得意地看我一眼，自己哼着小曲到厨房刷盘子去了。

〔Cut 3〕

林南柯的房子挺大，三室一厅一卫，我暗搓搓地想过，这房子拿来做婚房都可以。

他这么年轻，房子肯定不是他自己一个人买下来的，我就这么觍着脸过来，想想觉得实在不好意思，便主动提出要给他交房租。林南柯听到这话反感得皱眉，转而坏笑道："你要是真想交房租，不妨用另一种方式。"

我还傻呵呵地问了句什么方式，反应过来恨不得把头低到地缝里。

这男人没一句正经话。

不过在我的再三恳请下，他决定每个月在我的工资里扣除五百块，就当是交房租了。

我一想心里也算过得去就答应了，这可比自己单独出去租房子要便宜得多。

林南柯这个人虽然平时嘴上不怎么正经，却从来都没有实际行动上的逾越，只要我不同意，他也不敢进一步做什么，我们之间最亲密的动作也就是亲亲嘴。

再过分的就是在床上打架，是真的拿着枕头往死里打，还可能用上医疗保险的那种。

男孩子对这种事总是有无师自通的天赋，我曾问他以前在大学宿舍里有没有看过不可描述的电影，他一开始红着脸摇头，矢口否认。没过一会儿，在我的再三逼问下他又改口成了看过一点。

他这吞吞吐吐的态度却意外表达出了信息量，这哪是看过一点呀。

我本来想逗弄逗弄他，但是经验来看，横竖都是我吃亏，而且还让自己没少做某种功课的事情暴露在阳光下，不行！女孩子要矜持！

我妈说的。

说起我妈，这老人家平时催婚跟催命似的，现在我有了男朋友了，却反倒是不闻不问，提起来都很少，顶多问一下进展到哪步了，最近怎么样啊，其他连多余的话都懒得说，甚至都没有猴急猴急地要求我立马带回家，怎么也不符合她的作风。我问林南柯，他是不是跟我妈提过这事儿了，不然她也不能这么放心。

林南柯回答得十分坦然，好像我们已经成了已婚夫妇一般，他说：“对，我跟咱妈说了。”

“咱妈？”

“我叫得不对吗？难不成你还想踹了我？”

那倒不是，我只是觉得有点意外，却又好像在意料之中，心里泛酸，不是因为他自作主张告诉了我妈，而是很少有人在考虑我的同时，也会主动地去和我妈沟通，这就省了很多步骤。

我还担心我妈知道了会把我臭骂一顿，毕竟兔子不吃窝边草，怎么能对着自己人下手。可是我妈这反应明显就是放心地把我交出去了，想到这里还有一种对不起妈妈的酸涩，养女数十载，一朝进了别人家。

我正难过，林南柯推翻我这种想法："你怎么不觉得是你给了咱妈保障了呢？你过得好了咱妈才放心，再说，我也会孝敬咱妈的。"

话虽如此，但我还是想说一句："咱妈咱妈？你还叫上瘾了？"

"那可不，我五六年前就想这么叫了。"

第一次看见有人不要脸得如此理直气壮。

说什么就来什么，这边刚念叨了我妈，那边就说周末让我们回去吃个饭，有事要告诉我俩。

我和林南柯面面相觑，在对方眼里看懂了"一无所知"四个字，然后又按捺不住好奇心，追问我妈到底要和我们说什么。

最后软磨硬泡把她老人家泡烦了，她扔下句"到时候你们就知道了"，然后把电话挂了。

我和林南柯对视一眼，只能平复下好奇心，感慨一句这老人家口风够紧的。

然而这两位女士都是商量好的，林南柯他妈……哦不，我未来的婆婆也和我未来的老公通了电话，让周末一起去我家吃个饭。

我："该不会是订婚吧？"

他："订婚凭什么不跟我们打招呼？难道我们会抗婚吗？"

也是，没理由。

林南柯和我的房间是分开的，为了不侵犯我的合法权益，他特意嘱咐我离他远一点，不然半夜偷偷摸过来，指不定干什么畜生不如的事。我一听当然象征性地害怕一下，然后该怎么着怎么着，甚至还坐到他的腿上在他脸上咬了一口。

林南柯对此并没有做出任何回应，只是别别扭扭地说我抹了他一脸的口水。

林南柯的作息还算规律，所以每到晚上十一点，他都把我拎回房间去睡觉，并且严禁玩手机。

持续了两个月，我就明显感觉到自己皮肤好了很多。

他的自制力在我眼里已经到达出神入化的地步，只要是时间到了该去干什么，绝对立马起身就走，即使前一秒有说有笑多么快乐，下一秒立马就跟变了一个人似的。

他说人贵在高级动物，出了自身优越的先天条件之外，剩下的就是面对欲望的控制力。这样高深的觉悟，我是体会不到的，我就回到自己房间继续找点乐子好了。

“跟你在一起之后，我都不知道自己的自制力是更强了还是更差了。”

他这话我听不懂，我便附和了句“当然是变弱了，我拉人下水可有一套”，然后就看到这男人的眼神微微变了变，让我少说两句，赶紧去睡觉。

男人心，海底针。

周末上午，我俩在“领导”的紧急召唤下回了趟家。我不知道这一次我妈和林南柯的妈妈是为了什么事，心里总有一点不安。这些年来，我也有机缘见过我未来婆婆几面，但是这个婆婆看起来并不是好说话的样子。

林南柯以前解释过：“我妈干了十几年的会计，算账算得整天绷着脸，但是人其实很和善的，你不用太往心里去。”

话虽如此，但是我还是没办法把心放下来。

我在电视剧看到的婆媳斗争实在是太多了，甚至还没有正式成为婆媳，那不可逾越的鸿沟就划在了两代人的面前，生活为什么给我这个无知少女这么多考验。

林南柯笑道：“放心吧，凭我对我妈的了解，她不会给你写出这么狗血的情节的，当自己是演电视剧呢？”

“难道我不配当女主角吗？”

他上下打量我一番：“配，腿短的女主角。”

行，他在开车，生命安全为重，先不动手。

我真的是低估了当代老年人的创造力，车子刚开进小巷，远远地就看到了我妈一群人站在楼下，颇有夹道欢迎的气势。

显然他也看到了，一边打方向盘一边笑道：“没想到我们一起回来这么受欢迎。”

“可得了吧。”

“嗯？你在想什么？”

我在想我家有没有后门或者密道什么的，这么大的阵仗，知道的是我带男朋友回家，不知道的还以为是出嫁的女儿回门，我妈咋就不知道给我留点面子。

不过这一次硬着头皮也得上了。

我拎着东西到楼下，还是未来婆婆先接过去，比起之前总是板着脸，这一次显得十分热情，看着我说：“这么长时间没见，加加好像瘦了点，是不是我家那个小兔崽子欺负你了，妈替你教训他。”

“妈？”我愣了几秒。

她扶了扶眼镜，那张保养得当的脸上露出几分尴尬之意：“哎呀，瞧我这脑子，对不起对不起，我这太激动了，看到你们俩在一起高兴。”

我妈在一旁冷哼道：“没事，该叫妈，这不早晚的事？”

我：“？”

我的亲妈把女儿送出去的速度永远比我想象的要快。

林南柯拿着东西从我身边过去，看都没看我，但是嘴角那一抹尚未收回的得意出卖了这个男人此时的心情。

你们经历过被所有人推着往外嫁人的感觉吗？

对，就是我这样。

〔Cut 4〕

我妈生病之后，身体已经大不如从前，所以也没法大张旗鼓地张罗这事，干脆就去了饭店吃。

家附近的所有地方我都熟，饭店老板在巷外的街道上干了十几年了，可以说是看着我长大的。他刚刚读高中的小女儿一边写菜单一边问我：“加加姐，那个是你男朋友吗？我好像见过。”

“常来。”

“哇，加加姐，你这是向熟人下手啊。”

这小孩子年纪不大屁话怎么这么多。

我让她赶紧把菜单送过去。

小姑娘走出去没几步，又折回来，悄悄地说：“加加姐，你男朋友真帅，祝你幸福哦。”

语毕，一溜烟跑开了。

我看着那消失的背影，心想这孩子还挺会说话的，下次回来就给她买本《三年高考五年模拟》作为礼物吧，这么好的孩子，不拍在学习上真是可惜了。

我不知道我妈和林南柯的父母在聊什么，一会儿说到以前的苦日子，一会儿又提到我们俩的工作。谁说人上了年纪反应迟钝的？我觉得他们的思维比我这个只顾当下的“假年轻人”还要开阔，让我着实自愧不如。

上菜的位置正好在我旁边，每次端菜上来我都要起身让一让，林南柯后来看不下去了，拉开椅子让我坐到他那边去。

我嘴里含着半块排骨愣了愣，整个桌子都安静下来看着我俩，我急忙摆手：“没关系啦。”

未来婆婆忽然笑了笑，像是已经看穿了某些人传递的暧昧感，林南柯劝不动我，只好算了，却补充了一句：“加加胃不好，我怕她吃不踏实。”

牛人！

我还是第一次听说有“吃不踏实”的说法。

“瞧瞧，这还没结婚呢。”

“小年轻谈恋爱就是好。”

“南柯，你可得对人家好点。”

“妈，我知道了。”

我在旁边听得云里雾里，并未在未来婆婆脸上找到任何的反感，才让我心里踏实了许多。

那狗血的剧情肯定不会发生在我身上了。

这时，我妈又接话，而且一接就接到重点，问我俩：“知道这回叫你们回来干什么不？”

这上哪儿知道去？一个比一个嘴巴紧。

我还没回答，林南柯却无比淡定地点头：“知道，多年前你们商量的事。”

我满头问号。

我妈让我瞧瞧人家的智商。

不是，这是智商的问题吗？重点放错了吧？

我说，妈，不要踩一捧一好吗？毕竟我才是你亲生的。

我妈特不给面子，猛地拍大腿，“哎哟”一声：“你瞧瞧我这记性，要是不说我还以为南柯才是我儿子呢。”

“……”

我实在是接不上这话，干脆也不接了，直接把话题换回来，问她叫我们回来干什么。

“其实，我和南柯妈妈多年前有个类似开玩笑的约定。”

直觉告诉我和我有关系。

我妈开始回忆：“那次你们在办公室里，因为被人诬陷早恋的事差点打起来，那时候是我和南柯妈妈第一次见面，结果很有眼缘，一见如故就去逛街了，当时开玩笑的约定就是，如果你俩能成最好，不能成我们也不勉强，你以为你们两个那么巧就去了同一座城市的大学？还不是我们商量的？看你俩都同意，还以为这事就成了，结果又让我们等了这么久，等得都快没希望了，我和南柯妈妈商量着要不让你俩拜个把子结成兄妹算了，结果你夏叔叔说再等等。”

我听得一愣一愣的，感慨道：“那你们这么多年可真是够沉得住气的。”

林南柯的妈妈说：“我们经常在一起逛街，只是你们不怎么在意罢了，仔细想想其实能发现细节，还是南柯大二那会问我的，我就让他多去你家走动走动，看看能不能讨你的欢心，肥水不流外人田，这么大的儿子，我也舍不得给别人。”

我没感情地点头附和：“嗯……对对”

我妈说：“我们也不是说当初非要撮合你俩，只想让你们两相情愿水到渠成，要我说能沉得住气的是你俩，要不是你夏叔叔说儿孙自有儿孙福，我急得差点就直接把你塞进他家去了。”

我：“……”

所以这事，双方父母早就商量好了？从小就打算了？我怎么脑子转不过来了？

一直没说话的林南柯道：“本来是一个玩笑，但是没想到不知不觉当了真，更没想到我们一波三折后会真的在一起。”

“好小子，够聪明的。”他爸说。

我还是想不通，追问我妈：“那你这段时间一直让我相什么亲？激将法吗？”

我妈那双刚刚还在放光的眼睛突然黯淡了下去，细纹逐渐散开，仿佛一瞬间多了一盆冷水，目光略带哀伤。我不想看到那张被岁月吹打过的面颊平添伤感，突然就有点后悔问这个问题了。

可她还是回答了，她说：“说实话，我不知道这副身体能支撑我活到什么时候，这世界上我唯一一个不放心的就是你，我想让你早点找到归属，这样我闭眼也闭得安心，你是我给这世界留下的唯一的宝贝。”

可能是我妈平时骂我骂习惯了，这番话听来，心里什么地方好像被用力地揉了一下，我曾经不敢面对的家庭问题，在这一刻全军出击，我没有退路，必须抬起头、咬着牙迎上去。

和其他问题不同的是，家庭问题永远是无法逃避的，甚至连一丝幻想都不给你，这就是现实，我爸不会回来，我妈会离开，夏叔叔也会离开，这世界最后会剩下孤单的一个人，像是大海里成群结队的鱼群背后独自游弋的小鱼。

我的家是我的软肋。

但我妈说我是她给这个世界留下的唯一的宝贝。

我也是宝贝。

我妈还说：“还好，你找了一个让我们大家都放心的人，我真希望你们能过一辈子。”

能一辈子吗？

我曾经对我们的感情很有信心，但是我对自己没有信心。

这时候我也犹豫了。

林南柯突然站起来，我眼巴巴地望过去。

他说：“阿姨，我们一定可以过一辈子。”然后从上衣口袋里掏出了小盒子，绕过餐桌，来到我面前。

我是清醒的。

我知道他要做什么。

我意外的是他丝毫都没透露过风声，甚至回来之前我还提过这事，当时还期待了一下，可我并未从那双眼里看到什么，差点以为要等女生主动，结果他早就准备好了。

我看着他，刚憋回去的泪又充盈在眼眶。我哽咽着问：“你是要求婚吗？”

“你觉得呢？”

“我觉得……好像是。”

“那我告诉你的确是。”

“然后呢？”

“然后我想让你嫁给我，请阿姨把她的宝贝给我。”

“到你手里万一碎了呢？”我哭着问他，“我不要。”

“阿姨的存在我代替不了，但是我可以和阿姨照顾我们共同的宝贝。你别躲了，我从来都没告诉过你，你也是我的唯一。你不是一个人，你还有我，我一直都在，你只是没回头看。”

电视剧果然没有骗人，求婚什么的太感动了。

欲擒故纵这事贵在适可而止，不能让煮熟的鸭子飞了！我赶紧把手伸过去，让他给我戴上。

林南柯事先应该是知道我手指的尺寸，不然这枚戒指也不会这么正好。

按照剧情发展，这时候男主角和女主角深情拥抱。

他当然也准备这么干了，但我不行，我大喊：“等会儿！”

我抹了两把眼泪。

“你愿意接下来的人生和我狼狈为奸沆瀣一气然后共赴黄泉吗？”

他“扑哧”一下笑出声来。

“我愿意。”

“那好。”

我从口袋里摸出那枚早就准备好的戒指，给他戴上。

尺寸是我趁他睡着偷偷量的，果然正合适。

番外一 / 南柯有梦

XIHUANWO,
NIPALEMA

〔旧时〕

年加加已经很努力了，可学习的底子在那儿，高考还是与一本大学失之交臂。

林南柯查完成绩后，第一个想要分享的人就是年加加，比起告诉她自己的情况，他更想知道她考得怎么样。

他把这归结于自己辅导了年加加的功课，所以才会如此上心。

打通电话的时候，年加加语气平淡："考得还行啊。"

"多少分？"

"比一本线低了五十多分，但我挺满意了。"

说实话，年加加能考成这样真的不容易，林南柯也没想到，曾经班里垫底的学生，在经历了诸多模拟考的大起大落之后，依然还是班里垫底。

不过一开始刚入学时，她是倒数第二，在多个学期的努力之下，终于从倒数第二爬到了倒数第二十二，这对于基础差的她来说，已经费了九牛二虎之力。

林南柯说：“早知道听我的，多买几本复习资料做做，说不定还能多考点。”

年加加听到差点顺着电话线过去把他的头打爆。

高考结束，意味着自己也逃离林南柯的“魔爪”了，孙老师找他当纪律委员可真是有先见之明，就连做个数学题都跟三堂会审似的。

“年加加，过几天出来玩吗？”

“玩什么？”

“玩什么都行。”

“要不你来看看我妈？她老人家这几天一直在念叨你。”

“也行。”

高考后的那个暑假过得不算特别快活，林南柯总觉得自己有什么事情要解决，想了半天终于想通了是什么事，却又陷入到底说不说的纠结中。

郑繁星贵为隔壁班班长，毕业后更是以身作则，直接去向1班的女神学霸表白了。

林南柯情商再低但也不是没有脑子，别的事可以聊聊，这事要是和年加加说了，恐怕赵思念再继续上学的兴致也就没有了。

他憋在心里没吱声，这就又多了一桩心事。

谁说少女情怀总是诗，少男情绪也挺朦胧的。

年加加的母亲在他眼里一直是个开朗的人，即使只见过一面，却有种莫名的亲切感，好像以前就见过似的。上次早恋那事，无缘无故被泼了一身脏水，他觉得心里气不过，才和年加加争吵起来，后来冷静了觉得做事太冲动，但心里唯一一个想法从没变过，那就是自己没瞎。

刚一入学，年加加就以各种“违法行为”闯入他的视野，全班同学被她的三言两语搞得五迷三道，最重要的事情本来是学习，后来全都变成了研究星座命理。

如果不是碍于校纪校规的压力，他估计年加加能把整个高一6班变成大型封建迷信场所，动不动举行个考前拜神仪式，颇有往邪教分子那方面发展的苗头。

他一开始没想管，人要是想把自己埋进坑里那还不容易？爱怎么作怎么作，他只求自己永葆初心问心无愧便可以。

可是他的高中计划里，千算万算都没算到有纪律委员这一说，当那位头发少得可怜的班主任把手指向自己时，他差点站起来和对方来一场语言上的生死较量。

他为什么又坦然接受了呢？

可能是他看到年加加松了口气的样子。

难道自己长得不够有威望吗？

他憋着口气，点头答应了。

后来的事，果然不出他所料，年加加在无视班规上已经到了天下独尊的境界，简直把自习课当成了畅享自由的天堂，原本他还想让着她点，后来发现他眼里实在揉不得沙子，更何况是一个跳高拿了第一名的巨型弹力球。

年加加每做一件事，他就往小本本上记一笔，毕业之后，他发现自己的黑名单里都是年加加。

林南柯给自己为她补课找了一个非常好的借口，这叫打进敌人内部，知己知彼，百战不殆。

其实到后来，他已经分不清自己对她到底是什么感觉了。

看着她哭，看着她笑，陪着她难过，陪着她快乐，这世界上很少有人因为别人的快乐而感受到快乐，他觉得，自己体会到了。

一开始的年加加确实挺招人烦的，她拦住他的去路时，心中的小恶魔作祟，确实挺想嘲弄她一番，后来又在军训时被她撞了下巴，还差点让她把他的裤子扒下来。为了报复他，她简直想尽各种办法，后来适得其反，她在黑板上写下“林南柯喜欢年加加”，他难道是不知道吗？他只是不想戳穿她。

装，接着装，倒是还想看看能装到什么时候。

年加加的脑袋运转思维不是一般人的思维，他所认识的她，总是有很多奇奇怪怪的想法，在没做好准备的时候，能被打得他措手不及。

“我是觉得，也不能太耽误你的时间。”年加加咬着笔头说，“这样吧，要不你别辅导我了，我想和这道题单独聊聊。”

他坐在对面望着她：“你又想要什么花样？”

“没有呀。”小姑娘一脸无辜，“你要是这样说就是不信任我，那么我们也就没有继续合作下去的必要了，你打你的游戏，我回去看我的题，我们井水不犯河水行不行？”

“你觉得呢。”他拿过她的试卷，在那道题的关键思路上做了标记，又递回去。

年加加欲哭无泪，低头一看红笔标记出来的点，顿时恍然大悟，连续列出好几个方程式，然后又被自己推翻，嘴里嘟囔着：“这个不对……哎……怎么回事……是这个公式没错……哦结果算错了……”

他望着她，忍不住感叹一句怎么会有人睫毛天生又长又翘，紧接着，一双圆溜溜的眼睛笑眯眯地凑上来：“你看什么呢？”

他心虚，低下头，看着试卷上的题：

已知等差数列$\{a_n\}$满足$a_2 = 3$，$a_{n-1} = 17(n \geq 2)$，$S_n = 100$，则n的值为[ ]。

为什么？

他在草稿纸上演算起来，怎么写都不对，最后不知不觉写了个“年”，又好像做了什么坏事似的，赶紧划掉。

这一切的动作都收在年加加眼里，她皱着眉头，觉得这人十分奇怪。

高考结束的暑假免不了同学聚会，年加加还是挺乐意参加的，他为这事还特意打电话和她商量了一下。

她着实纳闷，这人是不是对自己有什么特殊的情结，怎么什么事都能和自己扯上关系？

他对此的借口是：我一个人去有点尴尬。

她自己一个人去才尴尬。

“你是纪律委员，一个人去不尴尬。”

“正因为我是纪律委员，平时没少得罪人，所以才尴尬。”

年加加心想自己也算被他得罪的，本来想怼他一句，想了想还是闭嘴。

电话里吵架太不爽了，吵赢了吧会想象对方难过的样子觉得自己不是人，吵不赢又恨得咬牙切齿觉得对方不是人。

最终同学聚会是他们两个人同时出场，更加坐实了同学之间的传闻。

年加加以前觉得羞耻，觉得对不起林南柯，现在反倒是觉得无所谓了，反正自己不是肤白貌美大长腿，没有长在人家的审美点上，花边新闻再多，也不担心会逾越雷池。

她也不知道这种情况是好还是不好。

当有人说“反正你们已经毕业了，要不在一起得了”时，他若有所思地望着她，她一想也不能让人为难啊，便道：“别瞎说了，我有喜欢的人，他也有。”

他的目光暗淡了下去，却还是努力笑着。

不想表现得太明显，就必须装作不在意的样子，如果自己太认真，恐怕会吓到对方，最后连朋友都做不成。

〔大学〕

年加加站在图书馆外的楼道里，透过窗户看楼下来来往往的人，心中打翻了一瓶醋。

“你看上哪个了？我帮你一把？”

“没有。”年加加斩钉截铁。

大学室友感慨道：“我现在越来越觉得，你往出家的方向发展了。”

年加加不承认，出家人需要六根清净，她可不是一个毫无杂念的人。

室友走后，她拿出手机，对着林南柯刚刚发布在朋友圈的照片看了又看。

应该是一个什么研讨会，两个人站在一起，对着镜头竖大拇指，男生没什么表情，女生笑容灿烂，露出一口小白牙，那明媚的样子，晃得年加加眼睛有点疼。

那女孩她也见过，是林南柯的班长，叫刘雨。作为理工科班里少有的女孩，模样出众，亭亭玉立，应该很招人喜欢。而到了大学的林南柯也没闲着，优秀学生的代表，自然少不了和班长多接触，一来二去，这两个人就熟络起来，甚至年加加还在大学城路口那家烤肉店里见过他们。

肤白貌美大长腿，也许这就是他的理想型。

年加加觉得自己这场漫长的单恋也是时候说再见了。

可她怎么想怎么觉得不舒服，偏偏林南柯还给她打电话，说西街那边新建了一个小公园，学校活动赠的有两张票，想和她一起去。

学校活动？年加加立马想到了朋友圈的照片。

“我不去，你自己去吧。”

“怎么了呢？”

“最近要参加大学生作文大赛，没空。”

林南柯在电话那头嗤笑：“理科女参加什么作文大赛？”

原本就是一句玩笑话，年加加心有芥蒂，一下子和他急了：“你别看不起人！我也是可以站在金字塔顶端的！”

这边说完，林南柯觉得不对劲，好半天才道：“你怎么了？”

“我没事！有缘再见。”

话说完，她就把电话给挂了。

林南柯看着手里的票，沉默了一会儿，随手扔给了室友。

“这是那个新公园的票，只送不卖，你在哪里得到的？”

“黄牛，一张八十块。”

……

年加加这脾气闹过去了，觉得自己有点神经质，周末便约了林南柯出来吃饭，没想到那边答应得痛快。

她原本以为林南柯会去和别人约会没空搭理她。

一到地方，年加加先说起了风凉话：“哟，还以为你不接我这茬呢。”

林南柯的确生气，女孩子的心好难猜，莫名其妙耍一通脾气，现在又回过头来道歉，但是他又忍不住原谅她。

可能是以前大家读高中都憋坏了，一到了大学各种为爱努力，他收到不少的情书，甚至还有当面说的，请他吃饭的。

对此他表示：自己不会吃饭。

室友曾经说这个理由实在是奇葩，好歹给人家小姑娘留点面子，他都说自己不会吃饭而不是“走开”了，难道这个面子留得不够大吗？

恰好室友和年加加也认识，这事就跟笑话一样传到年加加耳朵来了。林南柯看到她嘿嘿傻笑的时候，就知道她肯定又没有理解自己的意思。

有些话如果说了，那连守护在她身边的资格都没有了。

从小他也不是一个胆怯的人，可是偏偏到了感情这里，成了一座过不去的山，太难了。

所以这么长时间以来，两个人一直以同学关系相处，能够在同一座城市上大学的校友本来就不多，更不用说是同班级的了，而且两所大学距离近得很。

大部分人都觉得是纯洁的友谊关系，年加加永远还是一副找不到男朋友的凶巴巴模样，这样一来，居然没有人多想。

林南柯现在特别想象高中那样有绯闻，绯闻传着传着就能成真。

大三结束的暑假，林南柯去看了年加加的母亲。大病一场之后，这个中年女人很明显憔悴了很多，就连夏叔叔看起来都苍老了一倍。

他打心眼里心疼这个家庭，更心疼年加加，如果可以的话，这不短不长的余生，真想在她的身边一直帮她。

年加加的母亲很热情，林南柯每次来都会拿出很多好吃的，年加加在一旁直嚷嚷：“妈，男孩子很少吃零食的。”

“谁说的？”林南柯随手拿起地瓜干，塞了两根放在嘴里，得了便宜还卖乖地说，“阿姨给的什么我都喜欢吃，你瞧瞧你，抠门。”

平时在她家混吃混喝多了，脸皮自然也厚了，所以当年她妈妈留他吃饭的时候，他想都没想就同意了。

年加加在一旁不齿，嘟囔着什么听不清，反正不是什么好话，结果回过头一看，那丫头居然正偷着乐，乐完看了看那捆新买的芹菜，下厨房去了。

她的下厨房也就是择择菜，别的什么都不会，没有公主命，但她成功地被这老两口养出了公主病，每次想要动手时，夏叔叔总会劝："这些事让我和你妈来就行了。"

是的，年加加秉承听人劝吃饱饭的原则，和案板上的鸡大眼瞪小眼瞧了一会儿，乖乖撤出了厨房。

饭后两人在家无聊，便出去遛弯，年加加刚出门便道："吃完饭就五十了。"

"体重？"

"是时间。"

……

很快年加加所在的专业到了该出去实习的时间，一下子突然见不到，林南柯心里不舒服。

本想去送送她，但是两个人之间的关系又不知道说什么好，只能放弃。

那几天他做什么都心不在焉的，终于，林南柯的室友看不下去，问他是不是喜欢年加加，他犹豫了半天，最终承认。

室友猛地一拍大腿："我早就看出不对劲来了，但是碍于你们一直是朋友的关系怕说了让你们尴尬，没想到啊老林，你这隐藏得够深的啊。"

"低调，低调。"

室友道："低调什么啊，高调！要不我帮你去说？"

一听这话，林南柯顿时打起精神来，连忙把自己的担忧跟对方讲了一遍，特意嘱咐了这事不能让年加加知道。

室友叹了口气：“这又是何苦呢？没想到一向冷漠的三好学生也是个情种，真是想不到。”

最终林南柯在这位大嘴巴室友的威胁下请了一顿饭。

番外二 / 二三事

XIHUANWO,
NIPALEMA

〔Cut 1〕

年加加曾因为自己身高深深自卑过。

小时候还没什么感觉，关键就是发现自己跳高的天赋后，别人都是兴奋，到了自己这里开始叹气。

尤其是一次次拿了第一之后，那种无措感更加沉重。

跳高运动员是有身高要求的，即使自己这个“球”弹跳力再怎么强也不行，最后只能放弃。

与其说跳高是她这辈子的意难平，不如说是自己的身高。

对此一米七的大学室友表示：“你看看你多小鸟依人啊，我们这膀大腰圆的羡慕还来不及。”

果然，长得矮的想变高，长得高的想变矮，怎么也解不开身高的围城，怪只怪自己身在其中。

和林南柯在一起之后，他那一米九三的身高更是“一览众山小”，年加加在他面前就觉得自己是一只小鸡。

打肯定是打不过，年加加这小身板，自己都觉得自己占不到便宜，所幸自己和林南柯从未吵过架，一旦有什么问题，对方都让着自己。有时候赵思念都跑过来酸：“你可真是嫁对人了。”

她也这么觉得，但有些话别人说可以，身在其中要是太过于得意，就显得有点招摇了。

不过以前两个人接吻的时候，林南柯事毕觉得腰疼，便嘟囔了一句，这让年加加无比不满，差点跳起来打人。

“我想这样吗？我也有压力，你知道我这么矮心里是什么感受吗？”

林南柯想了想：“所有人见到你都必须低着头，包括我。”

饶是自己心里再气不过，听到这话也舒心了。

她消停下来，嘟囔道：“这还算是说了句人话。”

〔Cut 2〕

年加加周末休息。

林南柯作为老板就没那么轻松，每天被客户和员工气得脑袋疼，在书房里转转悠悠解气，后来不知道怎么想开了，不在书房转悠，改为下厨。

这一下年加加高兴得不得了，人为财死鸟为食亡，她就是那个想要吃东西但是还不会做饭的。

林南柯只要一不高兴，就去做东西，家里的生活质量突然比平时高了很多。

不过没隔多久，最初还乐呵呵的年加加在看到自己的体重飙升十斤后，就笑不出来了。

不知道什么臭毛病，林南柯这位大神除了正餐其他一概不吃，做都做出来了扔掉又怪可惜，年加加只能硬着头皮冲。

公司的人都发现了她以肉眼可见的速度疯狂增肥，好事的人还过来多了一嘴，问她是不是在备孕。

年加加一下子就尴尬了。

这还没举办婚宴呢，自己先丰韵起来，还倒是真挺引人怀疑的，她要是别人她也这么想。

所以当林南柯再次做饭的时候，年加加奋力抵抗：“我不吃！”

林南柯看了看桌上的菠萝饭：“不合口味？”

年加加摇头。

“胃不舒服？”

“我要减肥！”她十分坚定地喊出来，以此来表达自己减肥的决心，说不定这一句话就吓住了身上的肉呢。

本以为他会嘲笑自己，结果这位大哥站在原地眼神颇具意味地瞅了她一会儿，然后端起菠萝饭，走到跟前：“自己吃还是我喂你？”

闻着饭香味，年加加觉得这比直接嘲笑还要残忍。

她最终还是向这碗饭妥协了。

“最近需要打字的文件好多啊，我的胳膊酸，要不你喂我？”

林南柯坐下，挖了一口递到她嘴里。

“明天把你的工作交给我助理吧，她最近很闲，总是往你们办公室跑，可能是羡慕你的工作，不能让人家失望。”

年加加头顶飘过一个问号。

“这……不太好吧？我岂不是成了吃干饭的？”

“也是。”林南柯想想，又道，“明天做粥好不好？你是想吃蔬菜粥还是八宝粥？”

〔Cut 3〕

年加加只是脑子迟缓，她又不是傻。

自己男人公司虽然自由，但是自己这种三脚猫，只能吸公司的血，并不能为公司带来什么收益，再加上自己早已经和林南柯的事公开了，老是混在员工这边也不太好。

所以综上所述，年加加想辞职。

她向来没什么顾忌，所以这事直接就和林南柯说了。

他了解她的心思，于是答应得很痛快。

结果没过三天，年加加就找到了一份新工作，这让林南柯气得一晚上没和她讲话。

没办法，平时再怎么受宠，年加加也属于弱势群体，到了半夜，她实在想不出什么好办法来哄他开心，自己也不愿意往后退一步，于是便道："你真的不打算理我了？"

……

空气窒息的安静。

"你这样对我不太公平吧？"

……

仍旧是窒息的安静。

"林南柯你这样就没意思了！"话说完，她佯装生气，背过身去不搭理他。

等了好半天，身后还是没动静，年加加就有点真急了。

她急了的表现不是跳脚，不是骂人，而是撒娇。

她立马上去圈住林南柯腰，嗓音尽量放软："你也知道，我只是不想让你为难，让工作室为难，又让员工心里不痛快，我的离开对大家都是好处，我……”

“我生气不是这个。”

“那是什么？”

林南柯开灯，拿过手机搜出什么来，摆在她眼前。

她一瞅，这不是她新公司的信息吗？这男人对自己是多没自信，都已经细心到这种程度了？

林南柯说：“这公司老板是我这边的合作商，听说这家公司非常不好进，明明可以靠关系进去，你非要靠才华，我是生气，你在我这里每天都是一副妈宝样，到了别人公司就甘于奉献了。”

年加加揉着脑袋，别的暂且不说，她只听明白一件事——跑了半天还是没有逃过林南柯的手掌心。现在成了他的客户？你看看，原本好好的夫妻二人，结果变为赚钱的工具，这让她说什么好？

林南柯：“别以为我不知道你在想什么。”

这一句话给年加加提了醒，她转了转眼珠子，拍了下大腿：“哎呀！不就是上个班吗，你怎么连这种醋都吃？是我平时给你的甜不够多吗？”

话说着，年加加作势便吻上来，却不料林南柯抢先一步，一个翻身把她压在了身子底下。

唉……动是动不了了，只求一会儿不要哭得太惨。

〔Cut 4〕

林南柯是一个开公司的人。

年加加一开始并未觉得开公司有什么不一样的地方，还是夏叔叔最先点醒她：“加加啊，林南柯的事业咱们帮不上忙不要紧，千万别帮倒忙才行。”

当时刚结婚没几天，年加加、林南柯两人还正在甜蜜阶段。

林南柯这个男人看起来忠厚老实，其实肚里都是坏心眼，总是变着法地捉弄她，让她羊入虎口，自己乖乖送上去。

男人果然还是男人。

他满嘴情话的时候倒也是挺撩人的。

不知道是不是因为他是她老公，她带了点粉丝滤镜，不然为啥公司里一大批员工对他的印象就是冷漠，而她觉得他就是一只二哈。

记得以前上学的时候，林南柯屁话非常多，而且在他眼里，她全身上下都是毛病，他可以从各个角度来批评她，那用词用句想想还真挺妙的，可惜有一部分忘了，不然能出一本“南柯语录”，让大家都多读读书，也在打架的时候能够“逞口舌之快”。

年加加后来才发现，老公是开公司的，对自己并没有什么好处。

林南柯总是很忙，忙得都没什么空搭理她，公司才刚刚起步，需要做的事情也挺多的。

所以她必然会成为一个被“冷落”的新娘。

有时候，她就会故意说：“我好累啊，好想换个老公啊。”

林南柯眼神一变，提着她的衣领就进了房间。

在家里没有什么主导权可真惨。

后记/有冷也有暖

或许你正在读高中，或许你已经毕业了，但看到这本书，你有没有想起读书时心里的高岭之花呢？

前几天刚和一个高中同学吃过饭，过去那么多年了，他见到我依旧叫我一声：同桌。

我不知道在他心里同桌这个词是不是有什么其他的意义，但是在我眼里，这两个字叫出来，似乎一切都没有改变。

我们还是当年那纯真勇敢的少男少女，为了心里坚定的信念努力、拼搏，时不时地打打闹闹，还一起讨论你我他的八卦。

以前从未觉得我们长大之后会失去什么，只是一直觉得长大后会更加自由更加快乐，但后来发现，长大之后丢掉的东西也是蛮多的。那些东西你不想丢掉，但是又不得不割舍，大概这也是人们一直怀念青春时光的原因。

那些东西永远存在于我们心里，或许徘徊在梦里，或许在你某个低头的瞬间猛然记起。

故事中的林南柯与年加加一样，这么多年了，依旧是朋友的关系，一个害怕付出，一个害怕失去，想要勇敢却又不敢勇敢，多少人以朋友的身份守护着一个人，不管发生什么，他永远是你身后最坚强的依靠。

有一个人永远站在你这边是多么幸福啊！

那天和同桌一起吃饭，他这个人比较念旧情，总是回忆上学时候的事，当初谁偷偷为谁红了脸，谁又出去遛弯就为了偷偷看那个人一眼，谁在大型活动时，到处找某人的身影。

这个世界瞬息万变，可唯一不变的就是，每个人心里都藏着对过去事物的记忆。

我同桌说我，这些年你经历了什么？变了好多。

有时候人们把过去的事情再叙述一遍，就等于二次经历一般，不管是美好的还是悲伤的，我都不愿意再提起，人都是要向前看的，频频回头，只会让我更加留恋过去那份单纯的美好。

所以我说：“没什么，反正最后结果就是你看到的这样。”

确实没什么，因为在我心里，很多事都变得不值一提，快乐抑或是不快乐，我都已经走到了今天，要问我当时有什么切身的感受，我只能说一句饭桌上的鸡爪挺好吃。

这本书是一个跨度，2019 年签下，2020 年完稿，在这个过程中发生了很多的事，我个人的，也有社会性的，仿佛短短几月就让人看遍了世间冷暖。

这世界带来的痛苦，人心带来的伤害，各种麻烦蜂拥而至，都会让大家措手不及。

但，有冷也有暖不是吗？

我很庆幸在我失落难过的时候，有肩膀让我依靠，有人给我安慰，有人告诉我接下来的道路怎么走，有人是真正的超级英雄，让我觉得自己不单单是渺小又孤独的，我还有爱。

另外，第一人称写得有点累啦，如果我再有新想法，会努力试一试第三人称的，读者的评论和建议我都会认真去看，微博私信也会认真回复，很庆幸能够与读者朋友们在我的拙作下相识，也很感谢大家的抬爱。不过面对大家的厚爱，我还是想说，人非圣贤，我真的没读者眼里那么好。

但我会努力，努力成为一个更好的人，为大家传递正确的三观，努力写出更多稿子，不辜负每一个人的期望。

感谢大鱼给了我机会，感谢编辑二糖煞费苦心，感谢策划和封面制作，感谢桑白为我写的前言，感谢这本书制作过程中的每个人，感谢读者。

最后感谢自己，希望你不负韶华，以梦为马，永远上进，永远努力。

——未然